上海故事会文化传媒有限公司 SHANGHAI STORIES CULTURS MEDIA Co., LTD

致命
三分钟

悬念推理系列
Suspense Inference Series

上海故事会文化传媒有限公司
上海文艺出版社

图书在版编目（CIP）数据

致命三分钟 /《故事会》编辑部编. -- 上海：上海文艺出版社，2017（2018·7 重印）

（故事会·悬念推理系列）
ISBN 978-7-5321-6391-5

Ⅰ.①致... Ⅱ.①故... Ⅲ.①故事-作品集-中国-当代 Ⅳ.①I247.81

中国版本图书馆CIP数据核字(2017)第138858号

书　　名：	致命三分钟
主　　编：	夏一鸣
副 主 编：	吕　佳　朱　虹
责任编辑：	吕　佳
发稿编辑：	吕　佳　朱　虹　姚自豪　丁娴瑶　陶云韫
	王　琦　曹晴雯　刘雁君　赵媛佳　黄怡亲
装帧设计：	周艳梅
责任督印：	张　凯
出　　版：	上海文艺出版社
出　　品：	上海故事会文化传媒有限公司
	（200020　上海市绍兴路74号　www.storychina.cn）
发　　行：	上海文艺出版社发行中心（上海市绍兴路50号）
印　　刷：	上海万卷印刷股份有限公司
开　　本：	787×1092　1/32　印张8
版　　次：	2017年7月第1版　2018年7月第2次印刷
书　　号：	ISBN 978-7-5321-6391-5/I·5109
定　　价：	25.00元

版权所有·不准翻印

上海故事会文化传媒有限公司 出品（00636）www.storychina.cn

上海故事会文化传媒有限公司所有图书可办理邮购，免收邮费（挂号除外）
汇款地址：上海市南绍兴路74号(200020)；　收款人：上海故事会文化传媒有限公司出版发行部
联系电话：021-64338113
如发现本书有质量问题，请与印刷厂质量科联系 T:021-56928173

编者的话

一、中华民族自古以来便有讲故事的传统。五千年的文明绵延不断,五千年的故事口耳相传,故事成为中华民族弥足珍贵的精神财富。

二、创刊于1963年的《故事会》杂志是一本以发表当代故事为主的通俗性文学读物。50多年来,这本杂志得风气之先,发表了一大批脍炙人口的优秀作品,许多作品一经发表便不胫而走、踏石留印,故而又有中国当代故事"简写本"之称。

三、50多年来,这本杂志眼睛向下、情趣向上,传达的是中华民族最核心、最基本的价值观。

四、为让读者在最短的时间内阅读最大面积的精品力作,同时也为纪念《故事会》杂志创刊50周年,故事会编辑部特组织出版《中国当代故事文学读本》丛书。

五、丛书共分六个板块:悬念推理系列、幽默讽刺系列、惊悚恐怖系列、言情伦理系列、古今传奇系列、社会写真系列。并按系列逐年推出若干部作品集。

六、古人云:登东山而小鲁,登泰山而小天下。对于喜欢故事的读者来说,本丛书的创意编辑将带来超凡脱俗的阅读体验。

《故事会》编辑部

目录
Contents

危情·疑案

话外之音 …………………………… 02
贵妇的谎言 ………………………… 09
你是怎么报警的 …………………… 15
泥人王 ……………………………… 21
神秘枪手 …………………………… 27
谁在说谎 …………………………… 30
飞来的地雷 ………………………… 36
二手交易 …………………………… 40

神探·谜案

黄杜鹃谜案 ………………………… 61
你的心灵如此脆弱 ………………… 67
祸起七彩砚 ………………………… 77
智歼叛匪 …………………………… 83
老鸹窝之谜 ………………………… 88
危险的传说 ………………………… 92
乞丐和肥猫 ………………………… 99

目录
Contents

    一扇不存在的门 …………… 106
    馒头血案 …………………… 112

密谋·奇案

    天降三亿元 ………………… 130
    能量炸弹 …………………… 136
    遭遇高手 …………………… 140
    死亡打捞 …………………… 146
    女作家 ……………………… 152
    天上掉下块砖头 …………… 159
    死亡拐角 …………………… 166
    混入社交圈的杀手 ………… 173
    天衣有缝 …………………… 179

铁证·悬案

    第二张石椅 ………………… 198
    谁更聪明 …………………… 201
    口头禅 ……………………… 205
    神秘暗语 …………………… 211
    一块砖头引发的血案 ……… 215
    致命三分钟 ………………… 222
    摩崖天书之谜 ……………… 229

危情·疑案

weiqing yian

人们往往在最危险的时候爆发出惊人的潜力，从而扭转命运的方向……

话外之音

索命的劫匪

明娟和小峰是一对在都市打拼的年轻人。两人第一次见面时发现对方是同乡,于是,几句家乡话就把这两个身在异乡的年轻人的心连在了一起。没多久,两人就走进了婚姻的殿堂。

可刚结婚,问题就出现了。小峰是一个部门经理,每天早出晚归,忙得不可开交,明娟的工作也不轻松,这样一来,家里就没人照顾了,最后明娟忍痛辞职,从一名职业女性变成了家庭主妇。

这天晚上,小峰一进门,放下公文包,手也顾不得洗,就把厨房里的明娟叫出来,说有重要的事要跟她说。这种郑重其事的样子,倒把明娟吓了一跳,开玩笑道:"怎么了?是不是有了小三,要跟我摊牌了?"

小峰顾不上理她,一口气说完了要说的话,原来,今天在单位他听到大家在议论一件事:

最近附近几个小区发生了三起凶杀案,歹徒入室抢劫后杀人灭口,手段极其残忍,三名被害者都是单身在家的女性,警方正全力破案,但目前案情尚无进展……

小峰越说越紧张,连脸色都有些变了,他抓住明娟的手,说道:"我当时听得直冒冷汗,第一个念头想到的就是你,你一个人在家,千万要小心,万一……"

明娟白了他一眼:"你真是个典型的乌鸦嘴!"说着走回厨房继续忙活。

小峰跟进来,站在她身后,不停地絮叨着:"这种事不怕一万就怕万一,防患于未然总比掉以轻心要好……你的安全对我来说比什么都重要,你这种态度让我怎么安心工作?你……"

"行了,行了。"明娟解下围裙,笑着对丈夫说,"夫君大人的一番嘱咐,我字字句句牢记在心,这还不行吗?快去洗手,帮我端菜。"

第二天早上出门前,小峰还一个劲叮嘱明娟要注意安全,要小心小心再小心。

看着小峰下楼的背影,明娟不禁莞尔一笑,丈夫什么都好,就是有点过于小心,甚至有些婆婆妈妈,让人有些不耐烦。

到了九点多钟,明娟出门去买菜,她一路哼着歌,心情和天气一样好,小峰的叮嘱她可没放在心上。这事哪有那么巧,附近几万户人家,劫匪怎么会偏偏被她撞上?这比彩票的中奖概率还低啊。

明娟万万没有想到，世间事有时就这么巧！财运遍寻不着，霉运不请自到，在她拎着菜篮往回走的路上，一道阴沉沉的目光已经盯上了她。明娟浑然不觉，一路前行，到了家门口，正低头开锁，后脑遭到重重一击，当时便晕了过去……

救命的电话

没过多久，明娟悠悠醒转，发现自己躺在冰冷的地板上，手脚被绑得结结实实，嘴上也贴着胶带纸，一个壮实的男人背对着自己，正在翻箱倒柜，听到身后有动静，男人蓦地回过头来。

这男人表情阴冷，眼神狡诈，一看就非善类。但他只是冷冷地扫了明娟一眼，便掉转头去继续手头的工作，显然没把明娟放在眼里。

明娟被捆着的身体不停发抖，恐惧紧紧攫住了她：她竟然真的遇上了歹徒！她想起丈夫出门前的叮嘱，想到再也见不到他了，两行热泪簌簌滚落。

就在这时，家里的电话铃声突然响了，在死寂的房间里，那铃声就如同警笛，明娟和劫匪同时吓了一跳，劫匪停下手头工作，死死地盯着电话，似乎想等铃声停止，但那声音却依然"倔犟"地响着……

劫匪沉不住气了，他凑过去看了下来电显示，然后来到明娟面前，撕去她嘴上的胶带，报出来电号码，声音低沉地问道："这电话是谁打来的？"

明娟大口喘着气，好半天才能说出话来："应该是我丈夫，这是他办公室电话。"

劫匪眼里贼光闪烁，不接这个电话当然最简单，但如果这女人的丈夫找她有事，打不通电话后回家来，那就麻烦了……

劫匪略一思忖，打定了主意，他撕去明娟手脚上的胶带，取出一把锋利的匕首，对着明娟的咽喉指了指："你现在去接这个电话，别让你丈夫听出什么，记着，你最好老实点，别玩什么花样，否则我保证这将是你和你丈夫说的最后几句话！"

明娟步履蹒跚地走过去，心跳和电话铃声一样急促，她意识到自己的机会来了，而且这恐怕也是活命的唯一机会……

明娟曾经看过一篇报道，题目是《女司机智斗劫匪》，说的是一名"的姐"的遭遇。"的姐"被歹徒劫车，始终找不到脱身的办法。正巧，她丈夫打电话过来，在劫匪的注视下，"的姐"语气平静地对着手机说："我拉了个客人刚回来，正在返程的路上。孩子作业写完了吗？你让他早点睡。"

劫匪从"的姐"的话里没听出任何问题，直到戴着手铐坐上警车，仍然一头雾水。原来那"的姐"根本就没孩子，那句话是她向丈夫释放出的一个求救信号，后来是丈夫报警救出了"的姐"。明娟记得当初看到这篇报道时，忍不住为这位机智的"的姐"叫了声好，但她怎么会想到自己也会落入那种境地？她能够像"的姐"一样靠智慧逃过此劫吗？

明娟的手颤抖着伸向话筒，像溺水的人去够救生圈，她原本绝望的眼里，有了隐隐的光芒，她相信，凭自己和丈夫的默契程度，凭丈夫的细心和敏感，自己一定可以在和他的交谈过程中，传递出让他能领悟到的信号……

可就在明娟即将拿到话筒的一刹那，一只青筋毕露的大手蓦地扣住了听筒……

要命的信号

明娟身后传来劫匪冷冷的声音:"按免提键接听,听我吩咐说话,你不准主动说一句话,明白了吗?"

接着,锋利的匕首抵住了明娟后腰,明娟的心猛地沉下去,这劫匪太狡猾了!看来,他对自己仍有所防备,说不定他也知道"的姐"的故事,可是这样一来,自己唯一的求生之路也被堵死了,怎么办?豆大的汗珠从明娟的额头上滚下。

劫匪按下免提键后,小峰的声音传出来:"喂?娟,你怎么这么久才接电话?"

乍听到丈夫那熟悉的声音,明娟的眼泪一下涌出来,劫匪用嘴巴贴住明娟耳朵,低声道:"你这么说,我刚从外面回来,进门才听到电话响。"

丈夫的声音似乎有种神奇的魔力,给了明娟一种力量、一种启示,她变得异常镇定,俯身对着电话,字字清晰地说道:"我刚从外面回来,进门才听到电话响。"

那边顿了一下,很快又说道:"我打电话也没别的事,就是告诉你一声,我中午有事不回去了,你不用给我做饭了。"

劫匪再次贴耳低语,明娟点了点头,对着电话轻声道:"我知道了,晚上早点回来。"

随着那边挂断电话,劫匪的心放下来了,他没想到这次夫妻通话这么简短,这让他觉得自己刚才的担心有点多余。他相信,这女人的丈夫纵然是诸葛再世,也不可能从那几句话里捕捉到什么。

劫匪将明娟重新绑好,把剩下的房间又翻找了一遍。明娟和小峰新婚不久,家里放着不少现金和首饰,全被劫匪找了出来。劫匪把战利品打包放好后，慢慢站起身，现在只剩下最后一个步骤了——杀人灭口!

劫匪持刀逼近，脸上杀机毕现。明娟身不能动口不能言，眼神中流露出惊恐之色，劫匪阴森森道："你不用这么看我，我不会心慈手软的，对我这种人来说，给别人留活路，就是给自己寻死路!你什么都别怨，就怨自己命不好，做了鬼别来找我!"

劫匪举起匕首，明娟闭上了眼睛，就在这千钧一发之际，门"砰"的一声打开了，几名警察如神兵天降，以迅雷不及掩耳之势，将劫匪制服，按在地上，戴上手铐。

警察身后的小峰飞快地冲进来，一把将明娟搂到怀里，撕去她嘴上的胶带，明娟"哇"地哭出声来，小峰满脸痛惜，拼命安慰着受惊的妻子。

劫匪被两名警察押着，像只被擒获的野兽，两眼瞪得有铜铃大，呼哧呼哧喘着粗气，突然气急败坏一声怪吼："咋回事?这是咋回事?"一边叫嚷着，一边要往前冲，可他肩膀被警察牢牢按住，动弹不得。劫匪挣扎了半天，最后没了力气，像个泄了气的皮球，无奈地看着小峰夫妇说道："你们能不能告诉我，我到底是怎么栽的?我做鬼也不想做个糊涂鬼!"

小峰站起身，冷冷说道："本来我没有义务回答你，但这恐怕是你这辈子提出的最后一个问题了，我不回答又觉得不人道，我问你，我和我妻子在电话里交谈时的口音你还记得吗?"

劫匪愣了一下，他开始回想：小峰说的似乎是一种方言，但那种方言口音不重也不难懂，而明娟说的是普通话，一口字正腔圆非常标准的普通话。当时这没有引起劫匪任何怀疑，因为不管是说方言，还是说普通话，原本都挺正常，说的人都不少……难道问题出在这里?对了，小峰这会儿跟自己说的怎么也成了普通话?

小峰微微一笑:"其实我和妻子平时在外面都是说普通话的,但我们夫妻之间交谈时却偏偏是例外,我和妻子是同乡,从相识之初到现在,我们一直是用家乡话交流的,这已经成了一种习惯,今天上午我打电话本来想再叮嘱她几句,没想到破天荒地听到她突然对我说起了普通话,我当时只愣了一下,立刻一个激灵,意识到她出事了……"

小峰用欣赏的目光看着聪明的妻子,连警察们也面露赞许之色,劫匪一脸的懊丧,用手铐吭吭砸头,哀声叫道:"我千算万算还是失算,紧防慢防还是没防住啊,没想到这女人竟然一张嘴,就把要命的信号发出去了!要命啊,要命……"

(作者:杜 辉)
(题图:谢 颖)

贵妇的谎言

这天夜里,勋爵夫人丹尼斯在睡梦中突然惊醒,她感觉有只手搭在自己的肩上,不禁"哇"的大声尖叫起来,紧张地问道:"谁?"

"是我,别怕,亲爱的!"那人说着扭亮了床头的台灯。

原来是丈夫艾德里安勋爵!丹尼斯长长地出了口气,埋怨道:"你回家来为什么也不先打个招呼?"

丹尼斯知道,近来英国经济不景气,丈夫在董事会忙得不可开交,老是要到伦敦出差。而她呢,则住在乡下的庄园里,与丈夫是聚少离多。由于他们没有孩子,丹尼斯在家里过得相当冷清。她曾把妹妹贾尼斯邀来庄园作伴,没想到妹妹个性太嚣张,没多久,姐妹俩就分道扬镳了。

"我……"艾德里安吞吞吐吐的,听起来还有点紧张,这引起了丹尼斯的警觉,她问道:"生意有麻烦了?"

"不是生意问题,我、我今晚开车撞了人!"艾德里安重重地叹了一口气,把事情的经过讲了一遍,说在 A337 公路上有个家伙想搭便车,冲到了马路中央,他一时来不及刹车,撞了上去,那人当场毙命。

丹尼斯惊呆了:"人撞死了?"

"是的。"艾德里安低下了头,"但我没敢报警。和那人在一起的,还有个女孩,吓得晕过去了。我下了车,见那人死了,就赶紧开车逃了。"

丹尼斯两眼瞪得滚圆:"你把他们扔下了?"

"唉,怪就怪我开完会后喝了不少酒。你知道这意味着什么!如果警察做酒精测试,那我肯定要坐牢的!"

丹尼斯抬头瞪着丈夫:"那你把那女孩也丢在路边不管?"

艾德里安苦笑一声,说:"她不会认出我的,她吓傻了。我注意到当时有好几辆车经过,可没有一辆停下来,但我担心有人会记下我的车牌号码,然后报警。"

艾德里安抬起头,声音变得异常的温和:"你明白,我这么做也是为了我们这个家。如果警察来了,"他顿了一下,"亲爱的,你愿不愿帮助我,说我整晚都和你待在家里?"

丹尼斯倒吸了一口冷气:"你是要我帮你撒谎?"

艾德里安哀求道:"亲爱的,求求你,看在上帝的分上,如果连你都靠不住,那我还能指望谁?"

丹尼斯沉默了,她脑子里折腾了好一会儿,最后才下定了决心,说:"好吧,我答应你,不过你得带我去检查一下车子,看有没有留下什么蛛丝马迹。警察如果来查问,肯定要先检查车子的。"

"车子没有问题!那人撞在保险杠上,就像皮球一样弹开了。我检查了车身,没有划痕。如果警察来问,他们什么也得不到。全靠你了!你对警察说,我七点钟到的家,然后足不出户。"

丹尼斯提醒道:"为保险起见,我们还是去看看车子吧,艾德里安,你酒喝多了,未必能发现车子上的痕迹。"

艾德里安听听也有道理,就说:"那好吧。"丹尼斯赶紧披上外衣,拿了个手电筒和丈夫一起下了楼。

车就停在庄园外的车道上,丹尼斯仔细检查了一下车子,发现丈夫说得没错,上面果然没有明显的痕迹。丹尼斯揿灭了手电筒,说:"把车停回车库里吧。"

艾德里安忙点头,道:"说得对!你开进去吧,我现在手脚不利索,会刮伤车子的。"说着,把钥匙递给了丹尼斯,自己则去打开车库。

丹尼斯坐进车,一股浓烈的气味扑面而来,她感到有点儿不对劲,再深吸一口,女人的敏感使她感觉出了什么问题,顿时脸色大变……

回到屋子里,艾德里安说想再喝一杯。丹尼斯没有理睬他,独自上了楼上的卧室,拿起了床边的电话……

等艾德里安手里拿着杯威士忌进了卧室,丹尼斯劈头就问:"那女的是谁?"

"你说什么?"艾德里安手一抖,酒杯里的酒差点泼了出来。

"别装聋作哑了!你回答我,今晚和你一起呆在车里的那个女的是谁?刚才我闻到车里全都是廉价香水的味道。"

艾德里安呆住了。他开始装起糊涂来,说董事会散会后,有位女同事顺便搭了他的车。

"我才不信你的鬼话呢!你说那个娼妇到底是谁?"

"根本不是那么回事,亲爱的。"

"你是准备和她过夜的吧。你回家是因为出了事,想让我给你作不在现场的伪证!"

"你冷静点。"

"冷静点? 告诉我她的名字!"

"不记得了。"

"你当我是什么? 你这个没良心的蠢货!"

"你冷静点,好不好?"

"我在庄园里独守空房,一守就是一个星期,而你却在外面和别的女人风流快活。'在伦敦开会',见鬼去吧——是在旅馆开的吧?"

"丹尼斯,不说这些好不好,警察随时都会来的。"

"他们已经往这儿来了。"

"什么?"艾德里安瞪圆了通红的双眼。

"我刚才给他们打了电话,和他们说了你的事。"

艾德里安听了,似乎还不相信。

"要不了几分钟,警察就会赶到这里,到时你就能看到一闪一闪的蓝色警灯。"

艾德里安这下全傻了,跌跌撞撞走到阳台上,两手抓住栏杆,远处,警笛声隐约可闻。他转过身,怒吼起来:"女人疯了真可怕! 告诉你吧,那女的是你亲妹妹贾尼斯,我们已经好了几个月了。"

丹尼斯一听,血直往头上涌,她像发怒的狮子般一边叫着,一边狠命地撞过去,艾德里安猝不及防,向后倒去,整个人从阳台上翻落,重重跌了下去……

这时,丹尼斯也彻底清醒了。

警笛声越来越近,丹尼斯想了想,一口气灌了两杯白兰地,然后,揉乱了头发,一步一步走下楼梯,来到丈夫身边,号啕大哭起来。

不一会儿,警车就开到了。上面下来几个警察,围了过来。丹尼斯哭诉道:"你们来得太晚了。我试图阻止艾德里安,可他还是自杀了。"

一个警察蹲下身子摸了摸脉搏,确认艾德里安已经死亡,便转向丹尼斯问道:"这一切是怎么发生的?勋爵夫人。"

丹尼斯答道:"今天,我丈夫回到家时,状态非常糟糕,告诉我说他出了车祸,撞死了人,一时惊惶失措逃离了现场。我试图使他冷静下来,可他还是控制不了自己的情绪,就从阳台上跳了下去。"

"他说是他出的车祸,是吗?"

"是的。他还说那个男的已经死了。"见警察迟疑了一下,丹尼斯又追问了一句,"是这样吧?"

"我们接到报告,说一个男的今晚在A337公路上被撞死了。有人记下了肇事车号,我们查到,注册的是你丈夫的名字。"

这样看来,她的故事真的天衣无缝了,丹尼斯又假装悲痛地说:"太可怕了!这么突然,真是个悲剧。"

"是的,尊敬的勋爵夫人,现在我想看看车子。"

丹尼斯告诉警察,车子已经被艾德里安停进了车库。

二十分钟后,警察回到了屋子里,问:"您和艾德里安勋爵之间一切都还好吧,夫人?"

"很完美。"她不假思索回答道。

"婚姻很幸福?"

"绝对幸福。"

"您今晚喝了多少?"

丹尼斯心中掠过一丝不安，想了想说："早些时候喝了点白兰地，压压惊的。我现在很清楚我在说什么。"

"抱歉，我们要对您进行酒精测试。"

"为什么？我今天没开车来着，我一个晚上都没碰过车。"

"请您听我把话说完。是这样的：撞人逃逸的车子是一个女的驾驶的，有两位目击证人都可以证明。那个和受害人一起的女孩也说，车上有个男的下来，可那个女的就坐在驾驶位上没动。"

女的？丹尼斯脑子里一闪而过，艾德里安一定是让妹妹贾尼斯开的车，这个该死的！

"如果那个女的不是您，也就没有什么问题了。我们会提取车门和方向盘上的指纹，和您作个对比。嗨，车子里的香水味可真浓啊！"

丹尼斯这下矛盾了，眼下她有两种选择：一是供出贾尼斯。可这么一来，自己杀死艾德里安的动机也就暴露了，那将犯下谋杀罪啊！还有一个是……因为是她把车开进车库的，方向盘上都是她的指纹。

想到此，丹尼斯装作十分忏悔的样子，痛哭道："人是我撞死的！是我开的车！艾德里安深感绝望，他知道我会因此而坐牢，不能忍受和我分离的痛苦。这是他自杀的原因。"

没多久，法院做出了判决，丹尼斯因开车过失杀人，被判蹲两年的监狱。

（改编：五　行）
（题图：佐　夫）

你是怎么报警的

平土小县城只有一家刻字店——"殷记无稿刻字"。店主姓殷，三十多岁，因为擅长阴刻，再加上不太爱笑，人送外号"阴一刀"。

这个星期天早上，阴一刀照常去店里。因为老婆前一天跟他吵了一架，赌气回了娘家，他只好带着五岁的女儿媛媛一起去店里。父女俩打闹着从街上走过，他们做梦也想不到一场灾祸正悄然来临。

中午十一点半，阴一刀正埋头刻字，媛媛在店门口玩，突然来了一高一矮两个戴墨镜的男子，要求阴一刀照着复印件刻两枚章，一枚是交通局的公章，另一枚是一家公司的财务专用章。阴一刀说："这是公章，按规定，你们要出示委托单位的证明。"

这两人拿不出证明，给了一千块钱一枚的价格，要阴一刀网开一面，被他坚决拒绝了。这两人互相使了个眼色，没说什么，转身走了。

过了半个多小时，阴一刀忙完活，发现女儿不见了，哪里都找不到，正准备关了店门出去找，只见刚才的高个子出现在他面前，说："不用找了！"说着，他把阴一刀拉进店里，把手机拿到他耳旁。阴一刀一听，女儿正在和另一个人对话——"你爸爸叫什么名字？干什么的？""叫阴一刀，刻字的。""糖甜不甜？""甜。"

阴一刀一把抓住高个子的肩，问："你们想干什么？"高个子笑笑，小声说："实话告诉你吧，我们正在做一桩大生意，需要刚才给你看的那俩章，必须在下午四点之前拿到。我就在这儿看着你，只要你把章刻好，十分钟之内你就能见到女儿；你要是不同意或试图报警，我只要在手机上摁两个键，你女儿不是死就是残，你掂量着办吧。"

此时此刻，阴一刀除了服从，别无选择，只好说："好吧，我马上给你刻。"高个子问要多长时间，阴一刀说："这两枚章字数要多些，你又让我这样紧张，总共要一个小时。"

高个子说："好，给你一个小时，我就在你旁边，不准搞小动作，否则，它没长眼。"高个子说着，掀开衣服，露出一把亮晃晃的匕首。

"不敢不敢，我刻就是了。"阴一刀说着就开始动手做准备。他嘴上这么说，其实心里另有盘算。阴一刀生性善良正直，好打抱不平，在网上是几家打拐网站的志愿者，曾参与寻找到好几个被拐儿童，被网友称为"一刀侠"。此时的他，哪里甘心就这样毫无反抗地助纣为虐？他必须设法救女儿和自己，可来硬的他不是对手，只能给绑匪来"阴"的。

阴一刀一边刻字，一边不时朝街上瞟，希望能找到机会。

十多分钟后，来了个机会，卖卤肉的刘三推着三轮从门前经过了。

阴一刀一反常态，跟刘三开玩笑，说："刘三，那天我看见你抱着老婆的头，使劲朝她眼里吹气，你是不是卤水弄疼了她的眼睛啊？"刘三大笑："想不到你也会开玩笑，我吹她眼里的沙子呢。"

阴一刀说："你老婆年轻漂亮，你要把她抱紧点哦，不然她跑了，听好啊，抱紧！"他把"抱紧"两字说得慢而大声，同时使眼色，希望对方能听懂他说的"抱紧"就是"报警"。可刘三没听懂他的意思，大笑说："我每晚都把她抱得紧紧的，她跑不了，哈哈哈……"

突然，一个尖尖的东西顶住了阴一刀的后腰窝，显然，高个子听出了他"抱紧"的意思，这是在警告他。可阴一刀不愿放弃这来之不易的机会，对刘三说："给我称半斤好的。"刘三称好卤肉递给阴一刀，说："十五块。"阴一刀接肉时食指在刘三手背上用力搔了两下，同时撇嘴斜眼朝侧后使眼色，刘三好像明白什么了，问："有事？"哪知高个子一下抓过卤肉，塞十五块钱给刘三，推他一下说："他意思是让我给钱，你快走吧，我们忙。"

刘三摇摇头走了，高个子恶狠狠地说："再搞小动作，老子捅了你！"

阴一刀不得不专心刻章，二十多分钟后，他已经刻好了一枚，高个子在纸上盖了一下，满意地点点头说："继续！"

又过了七八分钟，只听一声"姨父"，阴一刀一看，是他姨姐的女儿——十六岁的杨惠。他顿了顿，说："你姨呢？还在你姥姥家不？昨天她把我欺负死了，你救救我吧。"杨惠笑着说："我姨才让你欺负死了呢，媛媛呢？我姨叫我来看看她。"

阴一刀说："还知道媛媛啊，你告诉你姨，她不在家，我干活顾不了媛媛，她被人贩子卖到山里去了，叫她去报警，快去！"

杨惠当然不信，大声说："得了吧，媛媛真丢了你怎么不去报警，还坐在这里?"阴一刀把右手中刻刀的刀尖朝高个子轻轻指了两下,说:"你没看见我走不开吗?要不你去替我报警?快去!"阴一刀嘴里说着,同时朝杨惠递眼色。突然他一颤,感觉后背一阵剧痛,伸手一摸,皮肤被划了一道口子,他摸到了血。

杨惠问:"姨父,你怎么了?他是谁啊?"阴一刀一时不知如何回答。高个子掏出两张百元钞票给杨惠,说:"我是你姨父刚收的徒弟,小美女,一点见面礼,以后请多关照。你姨父正教我最关键的技术呢,你先走吧。"说着,匕首尖上又加了两分力,阴一刀只好苦笑着说:"去吧去吧。"

"谢谢!"杨惠笑着朝高个子点点头,哼着歌走了。

高个子攥着匕首,狠狠地朝工作台的腿上一捅,捅进去半寸深又使劲抽了出来,恶狠狠地说:"我看你真想死!"阴一刀一看,不敢多想什么了,赶紧刻。

就在第二枚章完成大半时,突然来了一个警察,他是派出所快退休的所长欧阳林宽,因为和阴一刀都喜好书法,两人成了忘年交。见到欧阳,阴一刀像见到了救星,但他知道,欧阳人老了,而自己又瘦又小,两人加在一起,也不见得是高个子的对手,何况女儿还在另一匪徒手里,他不敢贸然向欧阳挑明。

高个子看见欧阳,先是一惊,继而听他说是来刻一枚私人印章用于书法落款的,便镇静下来,高个子靠阴一刀更近了,同时拍了拍他的后背,以示警告。

阴一刀听欧阳说了来意,对高个子说:"警察优先,我先刻他的,你看如何?"高个子看看时间,问:"刻这私章要多长时间?"阴一刀说:"就四个字,最多十五分钟。"高个子便点点头,他巴不得赶快把这警察打发走。

阴一刀便选了一块上等材料，直接刻了起来，全神贯注、石转刀舞，十五分钟后，他长舒一口气，说："搞定！"他把印章吹了吹，擦干净，沾上印泥在白纸上一摁，"欧阳林宽"四个篆体白底红字，古朴遒劲。欧阳竖起大拇指，说："又好又快，佩服！"阴一刀说："过奖了，这阴刻是我的拿手好戏。"

欧阳看着阴一刀，疑惑地问："阴刻？"阴一刀肯定地点点头，说："是的，阴刻，我还要忙活呢，再见。"说着，他把那张纸和印章往欧阳手里一塞，自顾自地忙了起来。

欧阳又看了阴一刀一眼，转身走了。阴一刀的心跳得快要从喉咙里蹦出来了，他相信欧阳能明白他的意思。

十分钟后，另外一枚章马上就要刻好了，就在这个时候，突然，从门的一侧冒出三个身着便衣的小伙子，冲进来就把高个子摁倒在地。

欧阳也大笑着进来了，指着被擒住的高个子，说："哈哈哈，好你个阴刻，是不是他？"

阴一刀说："正是他，他们还绑架了我女儿。"他随即把情况向欧阳说明，欧阳马上打电话部署。很快，媛媛被成功解救，高个子的诈骗团伙也被一举抓获。阴一刀抱着女儿连连向警察鞠躬致谢，这时，被押在一旁的高个子问道："你、你是怎么报警的？你不告诉我，我死不瞑目！"

"哈哈哈——"欧阳大笑，"你当然不懂了！"

原来，"阳刻"又称"朱文"，把文字笔画留住，其余刻去，印在纸上是白底红字。"阴刻"又称"白文"，与阳刻相反，是把不用的部分留住，让需要的笔画凹陷在内，印在纸上是红底白字。阴一刀刻的"欧阳林宽"四字本是阳刻，他偏说是阴刻，这引起了欧阳的注意；再加上欧阳刚进门就发现这高个子眼中掠过一丝惊惧，离开店后，欧阳又仔细观察了阴一刀塞给他的那张白纸，从上面"欧阳林宽"四字上，可以看出阴一刀巧妙地把红色的笔画加以变形，让空白的白色部分组成了"SOS"的字样，也就是紧急求救的信号，于是他明白了一切。

高个子是门外汉，哪里懂这些？听完解释，他看着阴一刀，无奈地说："你这一招真够阴啊，佩服！"

阴一刀拍拍高个子被警察扭压得矮了一大截的肩，说："要不人家怎么叫我'阴一刀'呢？哈哈哈，进去后多看点书吧。记住，知识才是力量！"

(作者：吴治江)
(题图：谭海彦)

泥人王

异地劫难

从前,有一个姓王的泥人世家,手艺超群,世代相传,传到王小全这一代,已是青出于蓝而胜于蓝,王小全不仅会单手捏,还擅长"盲捏"。可等王小全到了二十多岁,却再也不愿干这个行当了,他不顾父亲泥人王的反对,坚持要去几百里之外的安宜城做茶叶生意。

泥人王叹了口气,拿出一对巴掌大小、金光闪闪的宝物来,对儿子说:"这是咱家的祖传宝物,叫龙凤呈祥,由一只金龙和一只金凤组成,现在你把这只金龙随身带着,一是保佑你一路平安,二是遇到危难时也好救个急!"

王小全点点头收下了,随后就和父亲告了别,然后倾其所有,贩了一船上好的茶叶来到安宜城,谁知船刚靠岸老天就下起大雨来,这一下就是十多天,根本无人买茶,好不容易等到雨停了,茶叶却早已发了霉,一文不值。

这下,王小全元气大伤,想要回家,却发现已身无分文。他走投无路,只好拿出父亲留给他的那只金龙直奔当铺。当铺老板见了金龙啧啧称奇,刚要取银两,突然旁边有人大声说:"先别忙,这玩意儿我要了!"

王小全转过头一看,身边站着一高一矮两个大汉,两人一脸横肉目露凶光。王小全心里一惊,忙说:"这金龙是我家传宝贝,今日当了,日后还要来赎的,即便出座金山也不卖!"

两个大汉听了,冷冷笑道:"是吗?我倒要看看哪个敢要你的金龙!"

话音刚落,那当铺老板竟吓得朝王小全摆摆手躲开了。王小全心下奇怪,老板有生意不做,这是怕什么呢?接下来,王小全走遍了全城的当铺,却发现所有店家竟像约好了似的,无一家肯接手这桩生意。王小全这才明白:肯定是那两大汉搞的鬼,他们究竟是什么来头?

这天,王小全在街上转悠了一天,又饥又渴,他脚步踉跄地来到城西破庙里,刚想睡会儿,突然觉得身子被人一把拎了起来。

王小全睁眼一看,眼前正是那两个大汉。高个子手一伸从他怀里掏出金龙,矮个子则用一把尖刀抵住了他的喉咙,狞笑着说:"记住,明年今日就是你的忌日了!"说完就要动手。

在这性命攸关之时,王小全急中生智叫道:"等一下!你们还想不想要另一只?"

此言一出,两个大汉立即住了手,一脸疑惑地问道:"你说什么?还有另一只?"

王小全面如死灰,长叹一声说道:"看来今天我是必死无疑了,人既死，金龙留着还有何用？二位，这宝物本是一对，叫龙凤呈祥，单只不足为奇，若配成对才是价值连城，而另一只金凤在我父亲手中。二位只要答应我一个条件，我当设法使二位得到那只金凤。"

两个大汉一听，顿时两眼放光，齐声说道："还有这等好事？哼，谅你也耍不出什么花样，说说看，什么条件？"

王小全一字一句地说："我这就写一封家书告知家父，我因生意失败，亏空家产，因此无颜回家，在异乡自刎了结。因愧对家父，我必须向着家乡的方向跪拜，我死后你们不得改变我的姿势，好让我父亲知道我的悔过之意。请你们将家书带给我父亲，这样一来，也为你们脱了干系，同时为感谢二位的传信之恩，我会让父亲把另一只金凤赠与你们。二位，这样的条件可否？"

两个大汉听了反复掂量，觉得里面并无破绽，便同意了。王小全当即修书一封，然后朝着家乡的方向长跪不起。矮个子随即用刀往王小全脖子上一抹，王小全当即毙命，却并没有倒下。只是，两个大汉没有注意到，王小全跪拜的姿势有点奇怪：他的双手交叉插入袖管中，像是天寒取暖一般。

无处申冤

很快，泥人王接到了两个大汉送来的书信，顿觉天都塌了，但他不忍违背儿子的临终遗言，当即把另一只金凤送给了两个大汉。两个大汉见了喜不自胜，扬长而去。等他们一走，泥人王立刻赶到安宜城西破庙里，一进庙门果然看见了儿子的尸首，顿时瘫倒在地，放声大哭。

泪眼蒙眬中，泥人王忽然发现儿子的跪姿有点奇怪：双手互插在袖管中，这是何意？再联想起传信之人并非善相，只不过是传个书信，儿子为何要赠送宝物，莫非其中另有隐情？

这么一想，泥人王小心地把儿子的尸体翻转过来，再慢慢拔出儿子的双手，只见儿子的两个手心里各握着一样东西，细看之下，竟是两个手工精细的泥人，且那模样正是那两个面目凶狠的大汉！

原来王小全临死前，利用随身携带的泥土，在袖管中偷偷捏出两凶手的模样，这正是他的两大绝活——单手捏和盲捏。而之所以死后要保持跪姿，是防止袖中的泥人被自个儿的尸体压坏。

泥人王当即拿着泥人直奔县衙大堂告状，谁知县令老爷非但不理会，还命人将泥人王毒打了一顿。泥人王一瘸一拐地走出大堂，这时有个好心人告诉他："在安宜这地方想要告倒那两人是不可能的，他们跟县老爷是表兄弟，是一根线上的蚂蚱，两兄弟但凡强取豪夺了钱财，必定要给县老爷一份的，你还是死了这条心吧！"泥人王听了如遭雷劈，他叹了口气，雇了辆车把儿子的尸体拉回了家。

而另一边，县老爷把两兄弟叫过来问起金龙金凤的事，不料两兄弟一口否认。原来这两兄弟见这对龙凤呈祥精致非凡、价值连城，便想私吞。县老爷见两人死不承认，气得半死却也无计可施。

就这样过了半年，这天安宜城里忽然来了一位华衣锦服、白须飘飘、气度不凡的老人，那老人在全城最豪华的客栈住下后放出话来：他是在京城做珠宝生意的大掌柜，近日夜观天象，见安宜城里宝气冲天，似有一龙一凤嬉戏盘旋，掐指一算，原来城里真有金龙金凤现身，所以特来重金收购。一只金龙，他出五万两白银；一只金凤，他出三万两白银；若是两只配成对，他出十万两，当场付讫。不过只限五天期限。此言一出，全城哗然，这大掌柜真是出手阔绰，两只小小的龙凤竟出如此天价！

偷龙转凤

一晃到了第五天，大掌柜正在屋里喝茶，突然一个矮个子大汉闯进门来，说道："大掌柜的，我手头恰好有一对金龙金凤，特来兑银子来了。"说着双手奉上两只金光闪闪的宝物。

那大掌柜伸手接过金龙金凤，眼皮也不抬，对下人淡淡地说道："不错，正是我想要的东西，来人，兑银子！"顿时，几个下人应了一声直扑过来，却不是给银子，而是把矮个子一下子扑倒在地。矮个子大惊，挣扎着叫道："你们这是干什么？"

大掌柜大笑："到了大堂之上，便知分晓。"

到了衙门大堂，大掌柜把宝物递给了县老爷，县老爷一看到这对金光闪闪的宝物，顿时眼睛都红了。这时，大掌柜指着矮个子对县老爷说："老爷，我曾听说这对金龙金凤分别被两人所拥有，如今一起出现在这人手里，只怕另一人已遭此人毒手，请大人明察！"那矮个子一下子跳了起来，大叫道："表哥，看在往日的情分上……"

此时，县老爷把脸一沉，喝道："什么情分？给我掌嘴！"顿时，矮个子被衙役打得血流满面，他口齿不清地连声求饶："不要打、不要打，我全招了，因为我分得的是金凤，听说金龙价更高，心下便不服，偏偏他又不肯跟我平分，更何况金龙金凤配成了对，便可卖得天价，我便杀了他……"

原本，县老爷对这两兄弟瞒着他收了宝物，已是极大的不满，再说这两兄弟对于他的丑事知道得太多，早已是心头之患，何不借机除了他们？县老爷当即命人把矮个子收了监。

这时，大掌柜又说道："老爷秉公执法明镜高悬，在下感激不尽，也就不夺人所爱了,宝物我就留在老爷这儿吧。只不过,我有一个小小的请求,我想好好看一下这对宝物,也算不虚此行了。"

县老爷平白无故得了宝物,心中自是高兴,他当即把金龙金凤递给了大掌柜。大掌柜双手接过来,左看右看,又转过身对着阳光看了一会儿,然后双手奉还,说:"老爷,在下先行告退了,从此以后,这安宜县城,在下绝不踏足半步。"

大掌柜走后不久,县老爷正兴奋着,突然下人前来禀告:知府大人来了。县老爷连忙出门迎接,只见知府大人一脸严肃地说道:"先前有人匿名快马投书到本官的大堂上,说你发了大财,不知你能不能把宝物拿出来,让本官过过眼瘾?"县老爷一听,大吃一惊,刚刚发生的事,知府大人怎么这么快就知道了?他忙命人取来金龙金凤,双手呈上。

知府大人接过宝物,眼睛都亮了,他捏在手里不停地把玩,口中还啧啧赞叹:"好东西,果然是好东西!"说着,还忍不住用手指弹了一下金龙的角,不料一弹之下,那角竟掉了下来!再一看,这金龙哪是金的,分明是用泥做的,只是在外面喷上了金粉。

知府大人顿时大怒,一把将泥龙泥凤摔在地上,指着县老爷骂道:"好大的胆,你竟敢戏耍本官!"当即就命人把县老爷收了监。

此时,城外大江上飘着一叶小船,船头站着的正是那大掌柜,只见他摘了胡须和衣物伪装,竟然就是那泥人王。原来,他事先捏好了一龙一凤,然后在大堂上趁着转身的机会,来了个偷梁换柱。此刻,只听他仰面悲痛地叫道:"儿子,我终于给你报仇了!"

(作者:徐树建)
(题图:谢 颖)

神秘枪手

　　这天中午,龙家寨一群庄稼人正聚在村口的大槐树下歇脚闲聊,突然听到长虫沟里"轰"地一声铳响。大伙纳闷了:这个时节又没啥猎物,放铳干啥?

　　正探头张望时,只见从长虫沟里跌跌撞撞地跑出一个披头散发的年轻女人,哭喊着:"不,不得了……出,出人命了……"说着便瘫倒在地上。几个庄稼人赶忙上前扶起那女人问:"别急慢慢说,出啥事了?"女人脸色苍白,哆嗦着说:"死……死人了!在沟里!"

　　"死人了?走!去看看!"几个胆大的一吆喝,大伙儿便扶着那女人朝长虫沟涌去。

　　在女人的指引下,大家来到了一个较为隐蔽的石洞前,探头往里一看，只见洞里躺着一具男尸，烂了半个脑壳，样子惨不忍睹。再看旁边，距那男人几步远的地方有一块大石头，石头上搁着一支老铳，铳口正对着那男人的脑袋。无疑，这支铳便是杀人的凶器。

人命关天，岂可儿戏。人们当即打电话报了警。半个小时后，一辆警车呼啸着赶到了长虫沟。几个刑警跳下车，便立即勘查、验尸、拍照，经过一番紧张忙乱之后，刑警队长大李便开始向当事人问话了。

原来这女人叫孙桂香，是邻近村庄的人。今天她从娘家抱了一只芦花大公鸡，准备回去给自家的母鸡配种。谁知经过这长虫沟时，竟蹿出一个黑脸汉子。那汉子把她逼进这岩洞，几下就把她按倒在地，正扯她衣服时，只听"轰"的一声巨响，黑脸汉子就昏死过去了，女人这才跑了出去……

"这么说，那支铳是这个汉子的？"桂香点点头。

"那你当时看见是什么人开的这一铳吗？"

孙桂香连连摇头说："我睁眼看时，满洞都是烟，吓得只知道往外跑，哪里还瞧得见什么人呢？"

大李自言自语起来："这就奇怪了，这洞里除了死者和你，再没有发现第三个人的踪迹，可究竟是谁开的铳呢？"

难道是这支老铳突然走了火？可为啥不早不晚，偏偏在歹徒准备施暴的时候走火呢？再说即使走火也得有外力啊，那么这"外力"又来自何方呢？

一连串的问题在大李脑里纠缠着，他又走到了那块放老铳的岩石前。忽然，眼前一亮，从老铳的扳机下扒出了一样东西，他端详了一阵，就小心地装进了收集证据的袋子里。

大李想了想，问："大嫂，你抱回来的那只芦花大公鸡呢？"

"芦花大公鸡?"孙桂香这才想起来,"那会儿那汉子扑上来时,怀里的鸡就扑腾着飞到地上了。这会儿……"说着她便四处张望,只听外面有人大喊:"在这里!"

众人循声望去,只见洞口边,一只高大矫健的芦花大公鸡,正在草丛里找虫吃哩!

大李笑了,对大家说:"可以结案了!"

"啊?!"众人一听都迷糊了,"这是咋回事?"

大李笑着说:"我来给大家讲个故事:一只大公鸡饿了一上午,好不容易挣脱了主人的怀抱,落了地便四处找食吃。当它好不容易扒出一条小虫子时,却又发现一只大螳螂从石缝里飞出,于是它又去追螳螂。螳螂飞上了岩石,就躲在那支老铳的扳机处。芦花大公鸡也跟着跃上这块岩石,而且很快就发现了螳螂藏身的地方,于是它一爪子就擒住了螳螂。可是芦花大公鸡的利爪只是撕出了螳螂的半个身子,另一半还压在这支老铳的扳机下面。大公鸡只好拼命去拨拉老铳的扳机,想扒出另一半来。哪想到这么一使劲,竟扣动了扳机,于是'轰'的一声,正中死者后脑勺……"

说着,大李指着岩石上一个个清晰的"竹"字说:"这就是大公鸡的脚印。还有,这是我刚才找到的那半只螳螂的残骸!所以,这只芦花大公鸡就是杀人凶手!当然它也是这位大嫂的救命恩人!"

听到这里,大家才弄明白,纷纷赞叹,啧啧称奇。

(作者:彭霖山)
(题图:谭海彦)

谁在说谎

上海滩有个聪明人,叫大康,大家都说他精通各种旁门左道的本事。还好,大康为人仗义,倒也有不少朋友。

这天,大康接到一个电话,是庄少爷打来的,在那头儿大倒苦水,说父亲罚他闭门思过半个月,他在家里快憋疯了,本来前一天,父亲去了北平,自己以为能自由了,没想到父亲一天打好几个电话,声称只要电话里找不到他,就加罚半年不许外出。

大康一听,"哈哈"大笑起来,说:"小事一桩嘛,你放心,我有办法,你爱去哪儿玩就去哪儿玩,我保准你父亲根本就不知道你出去过。"

庄少爷精神一振,忙问他到底有啥好办法,可大康存心吊庄少爷胃口，笑嘻嘻地说："天机不可泄露，明天我就过去，见了面再说吧。"

庄少爷十分高兴，说："行，正好我刚淘了块玉佩，说是宫里传出来的，至少值十万大洋，等你来了叫你开开眼。"

本来大康是打算第二天去的，可这玉佩勾起了他的好奇心，他还没见过这么值钱的东西呢！放下电话，他干脆直接动身，晚上七点，就到了庄少爷的别墅。

可没想到，别墅大门紧闭，按响门铃后，半天没人开门，里面还传来几声吼叫，听声音像是庄少爷另外的两个朋友老刀和周四平。大康心里一紧，莫不是出了什么事？他当机立断，三下两下攀上大门跳了进去，待他闯进屋里，不由得大吃一惊。

屋子里，老刀和周四平一个眼睛乌青，一个鼻子流血，正喘着粗气对峙。庄少爷仰靠在椅背上沉睡不醒，四只大狗烦躁地低吼着，围在庄少爷身旁，警惕地望着他们两人。

庄少爷喜欢狗，弄了四只牛犊子一般大小的獒犬，训练得很听话，除了他喂的东西，别人给什么它们都不吃。大康他们经常出入他家，虽然这些狗不听他们指挥，但也知道他们是主人的好友，对他们还算友好。

大康看出来了，庄少爷被人下药了，但看样子没有性命之忧，只是不知道是哪个下的药。

见到大康，周四平和老刀都露出惊讶之色，老刀脱口问道："大康，你不是明天才来吗？怎么现在就到了？"

周四平却如见到救星似的叫了起来："大康，老刀想抢那块玉佩，用药把庄少爷迷倒了。"

原来是那块玉佩惹了祸！庄少爷什么都好，就是没有防人之心，果然引人眼红了。老刀原是混帮派的，半年前，跟人争夺地盘时，被打得一蹶不振，现在跟在庄少爷身边讨口饭吃，大康一直防着他，所以听周四平这一说，他心里立刻信了六成。

"别信他的，大康，你看我老刀是那种无耻小人吗？"老刀涨红了脸大喊，"这家伙想钱想疯了，要不是我老刀有两下子，早让他扎死了。"

大康顺着老刀指的方向看去，见地上有一把寒光闪闪的匕首，显然是还没来得及见血就被打飞了。老刀的话提醒了大康，周四平不过是个夜总会的调酒师，靠着心灵手巧，把调酒变成了令人眼花缭乱的杂技。恰巧庄少爷十分喜欢调酒艺术，就跟他做了朋友。十万大洋对周四平来说是个大数目，他大有可能见财起意。

大康有些头疼，不知道他俩究竟谁在撒谎。他故意说："这事儿简单，叫醒庄少爷一问便知。"

听了这话，两人不约而同地表示同意。

大康心里苦笑，知道自己的试探失败了。庄少爷是被迷翻的，就算叫醒他，他也不知道是谁下的药啊！最关键的是，如果真有人敢去碰一下庄少爷，不被那些大狗生撕了才怪。他试探的目的，是想谁同意他叫醒庄少爷，谁就是想让狗咬自己，也就是那个见财起意的混蛋。没想到，两人都同意了。

大康缓缓地说："不就是为了玉佩吗？这事儿简单，你们把口袋都翻过来，玉佩在谁那儿，谁就是那个见利忘义的王八蛋。"

周四平苦笑，朝西墙角努努嘴，老刀嘟囔着说："我扑倒这混蛋的时候，玉佩飞过去了，也不知道摔没摔坏。"

周四平大怒："是我扑倒你的时候，玉佩从你手里飞出去的。"

大康走过去打开盒子，见玉佩安然无恙。这时周四平和老刀兀自争执不休,就像演戏一样。

此时,大康心里升起一个可怕的怀疑:有没有可能,这两个人根本就是同伙,只不过是拿了玉佩后都起了贪心,迫不及待地内讧,才被他堵到这屋里的?可随即他就打消了这个怀疑,如果两人都不是好东西的话,没理由只带了一把匕首。

大康挠了挠脑袋,随口说道:"要不这样吧,你俩也别摆着架势挨累了,都后退,坐下歇会儿,等庄少爷醒来再说。对了,庄少爷被下的是安眠药还是什么蒙汗药?"那两人对他的试探无动于衷,都说不知道。

于是大康又问,今天的事情到底是怎么发生的。这回周四平抢了先,说他听说庄少爷被关在家里,就来陪庄少爷说说话,也顺便来看看玉佩,恰好老刀也在。后来他去了厕所,出来后一眼看见庄少爷昏了过去,而老刀拿着玉佩盒子急匆匆地往外走。他偷偷地从后面突袭老刀,玉佩盒就在那时飞了出去,老刀仓促掏刀,被周四平一脚踢开。两人正对峙着,大康翻墙进来了。

老刀听得怒瞪双眼:"见过无耻的,没见过你这么无耻的,大康,他说的过程全对,就是把他换成我、把我换成他就更对了。"

大康正寻思着呢,老刀大吼一声:"老子不陪你们玩了,大康你爱帮谁就帮谁吧。"然后他猛地向周四平发动了攻击。

这一瞬间,大康做了决定,几步跨到老刀身后,死死地抱住老刀,周四平几记重拳击在老刀脸上,老刀像只破口袋一样软倒在地。

大康刚想说什么,周四平已经捡起匕首对准了他,得意地说:"都说你大康聪明,没想到还是被我骗过了。我不想再像耍猴一样,每天给那些有钱人表演了,拿了这块玉佩后,我就远走高飞、隐姓埋名,好好过我的下半辈子。"

大康直视着他的眼睛,嘲讽地说:"你这个聪明人还想怎么样?杀了我们灭口?"

周四平的得意不见了,一脸失落地说:"大康,大家朋友一场,你们没因为我身份卑微瞧不起我,我心里一直很感激你们。我也是没办法了才出此下策,绝不敢害了兄弟们的性命,要是那样的话,让我出门被车撞死,死了不得超生……"

他越说越激动,连眼睛都红了。大康见他颇有悔意,叹了口气,说:"四平,你和庄少爷聊天的时候,他一定跟你提过,说我有办法对付他父亲的电话查岗,你不好奇我有什么办法吗?"

周四平定了定神,疑惑地说:"什么办法?"

大康悠悠地说:"如果在电话里,有人能惟妙惟肖地模仿庄少爷的声音,就有可能骗过他父亲,恰好,我精通口技,很容易就能做到这一点,你知道这意味着什么吗?"

周四平脸色大变,瞬间想起了一件可怕的事情:庄少爷家里有个木头人,用来训练那些大狗,庄少爷喊哪个部位,狗就扑上去咬哪个部位,而现在,大康就可以模仿庄少爷的声音命令这些狗。

只听大康模仿庄少爷的声音,喝道:"大黑、二黑——"

那两只最大的狗闻声而起,警惕地发出"呜呜"的低吼声。大康轻声说:"四平,别再继续错下去了。"

周四平露出绝望之色,长叹一声,扔下了匕首,不甘心地说:"我这是百密一疏啊,没想到你突然赶来了。既然你能命令这些狗,刚才还跟我们废那么多话干吗?治住我们不就什么都知道了?"

大康说:"那时候治住你们,如果你嘴硬到底的话,就没办法知道是谁想拿玉佩了。虽然你表演得不错,但我一直觉得你好像心里有鬼,所以我帮你制住老刀,让你自己露出本来面目。四平,庄少爷对你不薄,你这次太不应该了。"

周四平脸色惨白,"哇"的一声痛哭起来……

(作者:李坤学)
(题图:黄全昌)

飞来的地雷

重阳节这天晚上，半山村的老年活动室落成并正式对外开放，村里的老年人三五成群赶去庆祝，欢腾了小半夜才散。管理活动室的郑青松大伯是个热心人，他等老人们全部走光后，又动手清扫整理活动室，最后一个回家。

郑大伯哼着歌，回到自家门口，摸出钥匙正要开门，不想一脚踩到地上一个圆滚滚的东西，他刚感觉不对，还没来得及收脚，只见火光一闪，"轰"的一声，脚下那个东西已经爆炸，郑大伯惨叫一声，眼前一黑，就不省人事了。

郑大伯的儿子和媳妇正在屋里睡觉，也被这声爆炸惊醒了，两人连忙穿衣起床，打开大门，儿子大山俯身搀扶倒在地上的父亲，媳妇菊芳当即取出手机，打"110"报警，同时给"120"急救中心打了求救电话。

这时，闻声赶来的村民密密麻麻站了一大片，大家都被眼前血淋淋的爆炸事件惊呆了，你一言我一语地谈论起来。

有位大妈抹着眼泪，说："郑大伯是我们半山村出了名的好人，他得罪过谁了？居然对他下此毒手！"

村治保主任气愤地说："我们村是远近闻名的治安先进村，几十年来，村里连动手打架都没发生过一起，现在倒好，竟然有人用炸弹杀人，这还了得！大家一定要配合警方，尽快将那个家伙揪出来！"

过了片刻，一辆闪着警灯、鸣着警笛的警车进了村，警车上走下一高一矮两位警察，两人仔细地察看了郑大伯的伤情，问了案发时的情况，这时，"120"急救车也开进了村里，警察便让大山和医护人员一起将郑大伯抬上救护车，送往医院救治。

两位警察经过现场踏勘，分析遗留的爆炸物碎片，初步断定爆炸物是自制的"土地雷"。制作这种爆炸物，火药与雷管是必不可少的，但国家对这些引爆材料严格控制，在农村，只有开山放炮的采石场和一些工程施工现场，经过严格审批才能得到这些东西。所以，警察先把侦查重点放在能接触爆破作业的人员身上，经过排查，村里只有一个叫裘金富的石匠，这几年在邻村的一个采石场里专干爆破的工作。很快，裘金富被纳入了警察重点调查范围，但了解，裘金富为人忠厚老实，跟郑大伯家还沾着点亲戚关系，两家来往虽不密切，但从来没发生过任何纠纷，裘金富没有作案动机！

两位警察很细心，没有轻易放过手中的线索，而是请治保主任带路，来到裘金富家，这时裘金富早已知道爆炸事件，一见警察上门，顿时神情紧张，说，他的确制作过"土地雷"，但他制"土地雷"的目的是为了炸野猪，而不是伤人。

裘金富接着说，前段时间山里野猪成灾，经常成群结队下山觅食，糟蹋村民们辛辛苦苦种植的庄稼，眼看就要收割的秋玉米和紫番薯，一夜之间全被野猪啃咬完，几乎绝收，裘金富一气之下，偷偷从采石场拿了一小包火药和几只雷管，找了些碎瓷片、碎玻璃、小铁片等材料，自制了三颗"土地雷"，想炸死几只野猪，其他的野猪受了惊吓，就不敢来了。小心起见，他在自家的另一块番薯地只埋了一颗"土地雷"，还特地在埋"土地雷"的地方插了块警示木牌。

裘金富说完原委，俯身从床底下拖出一只小木箱，说："另外两颗'土地雷'就放在这里面。"

警察打开小木箱一看，里面果然放着两颗黑不溜秋的东西，就让裘金富先带他们到埋土地雷的地方看看，这两颗东西暂时先由裘金富小心放好，等看完现场再回来处理。

裘金富连忙答应，他拿起手电筒，带了把铁锹，领着两位警察和治保主任上了山。

在裘金富家位于半山腰的番薯地里，警察看到地里的番薯受到野猪的侵害，一片狼藉，一块警示木牌翻倒在地，旁边一小块地方还撒了一圈石灰。裘金富走到撒着白石灰的这小块地旁，拿着铁锹小心地挖起来，可半块地都挖遍了，连"土地雷"的影子都没有。后来，治保主任和两位警察也帮着他在番薯地里找，一直找到东方露出了鱼肚白，整块地都翻了个儿，依然不见"土地雷"。看来，炸伤郑大伯的"土地雷"很可能就是裘金富埋在番薯地里的那颗，但"土地雷"自己没长翅膀，怎么能飞到郑大伯家门前呢？

再说郑大伯被送到医院后,经医生竭力抢救,总算保住了一条老命,这天,儿子大山从医院回家拿东西,家里养的那条猎狗见他回来,高兴地迎上来,将两条腿搭在大山肩上,用舌头一个劲地舔着大山的脸。驻村调查的警察这时正好来向大山打听郑大伯的情况,见了这个情形,说:"你家的狗跟你好亲啊!"

大山得意地说:"我家的狗不仅跟人亲,还很顾家,经常出没在田间山坡,衔点东西回来。"

警察听了,心里一动,忙将从裘金富那儿收缴的"土地雷"挑了一个出来,除去雷管、火药,放在郑大伯家那条猎狗常经过的地方,不到一个小时,那条猎狗就把这个"土地雷"衔了回去,放在自家的门口……至此,真相终于大白,在郑大伯家门前放置"土地雷"的不是人,而是他家的那条猎狗!裘金富利用爆炸物故意伤人的嫌疑总算被排除了,但他的日子并不好过,不久,检察院向法院起诉了裘金富,法院以非法制造爆炸物并过失伤人罪,判处裘金富有期徒刑三年,缓刑四年,并赔偿郑青松大伯医疗费、生活补助费等共计八万元。

裘金富收到判决书后,没有提起上诉,他说:"我的确错了,认罪!"

(作者:盛伯勋)
(题图:谭海彦)

二手交易

自己割肉喂自己

老魏是一家公司的业务经理，平时最爱讲这么一个故事：

从前，有一个人遇到了难事，到庙里去求观世音，拜罢刚想站起来，又来了一人也跪下，细看正是观世音本人。那人大惊，慌忙拜问："您干吗拜自己？"观世音答道："遇到了难事。"那人想了想说："那您该去求如来佛。"观世音笑道："须知求人不如求己。"

老魏笃信这个道理也是有本钱的。十几年来，他在商场中经风雨见世面，摸爬滚打，练就一副果断刚毅、敢拼敢打的作风，再加上小时候习过武，会几下子防身绝招，因此更是自信，碰到事情，轻易不求人。

前不久，老魏的帕萨特轿车被盗了，按规矩去报了案，等了两个星期没消息，朋友劝他找门路拜托公安局的领导抓紧破案，老魏不肯，警察就是抓贼的，难道没人拜托就任贼逍遥？朋友笑他迂腐，他嗤之以鼻。

只是车没找回来，误了生意实在不好交代，想买辆新车又怕旧车找回来白费了钱。恰好总经理说，他和一个叫贾大头的旧车商有一面之交，劝老魏买辆旧车先用着，钱不凑手公司可以给垫一些。老魏想想也只得如此，总经理当即就给贾大头打了电话。

贾大头果然不负所托，当天就通知老魏去看车。车子也是帕萨特，虽然内饰有些陈旧，外表却光鲜如新，老魏试了试，开起来挺顺手，人家看在总经理介绍的面子上，车价又格外让了一万元，老魏当即和车贩敲定。

交了钱，老魏和贾大头去车管所办过户，警察检查了车辆，拿过老魏的证件手续，在电脑上敲打了一阵，"咦"了一声又出去查了发动机号和车架号，回来挺生气地问："你怎么自己给自己过户？吃饱了撑得没事干啦？"

老魏大吃一惊："我的车丢了，这是买的旧车！"警察嗖地站起来："这就是你丢的车！卖车的人呢？"老魏一回头，那个贾大头早没影儿了。

老魏再到公安局报案，管案子的警察听了哭笑不得，告诉他这是偷车贼的惯伎，偷了车重新喷漆，造份假手续再卖，错就错在老魏既没经验又轻信，第一不该从贩子手里买，第二过户前不该先付款，如今丢了的车又买回来，岂不是自己割肉喂自己？

老魏懊恼不已，总经理觉得自己也有责任，提出公司借给他的钱不要了。老魏装作不在乎的样子，可平白无故损失了十多万元，说不心疼那是假的，更丢面子的是在公司里被传作笑话，同事们看到他的车就指指点点，老魏实在受不了这种刺激，决定眼不见为净，干脆把车卖了，贴上钱再买辆新车。

下了班，老魏把车开到旧车市，刚停下就有人凑过来，看了看车况开价八万元，老魏嗤之以鼻，掉头就走，不一会，又一个打扮时髦的女人拦住老魏，看了看车说最多值十万，因为这车新喷的漆质量不好，如不赶快卖掉，到夏天褪了色，连八万也没人要了。

老魏暗暗佩服这女人好眼力，正盘算着和她再讲讲价钱，那女人忽然喊起来："老贾，你来看看这辆车！"

老魏心里一动，忙转身看去，见远远走过来的果然是贾大头，贾大头同时也认出了老魏，急停步转身就逃，老魏大叫："抓贼呀！"撒腿就追，贾大头兔子似的钻进一辆车，开起来就跑，老魏也急忙转身上了自己的车，加大油门追了上去。

贾大头开车很油，不断地变换车道，连超几辆车蹿到了前面，老魏一急，驶上逆道前冲，险些跟一辆车迎面相撞，吓得急忙打轮归道，惹得旁边的车慌忙躲闪，司机一阵臭骂，老魏趁机连超几辆追了上去。

两车相距有一百多米，贾大头仍是左躲右闪一路超车，老魏明知追不上了，只想努力看清他的车牌号，可那车牌脏兮兮的，自己眼神儿又不好，只顾瞪着车牌就没看见红灯，更没看到跑过来拦车的交警，当时只见眼前黑影一闪，接着"咚"的一声，挡风玻璃就开了花。

老魏急刹车跳出来，前机盖上已趴着一个额头流血的交警。出车祸了！撞倒的竟是警察！老魏两腿一软坐在了地上。接下来就昏昏沉沉被人推上警车带到交警大队，糊里糊涂地给关进一间小屋子里。

此时的老魏只想大哭一场，屋漏偏逢连夜雨，黄鼠狼专咬病鸭子，他意识到事情的严重性：这祸闯大了！被撞的人不知死活不说，就是没撞出什么毛病，人家警察也饶不了自己！没多会儿，进来两个警察，先测了他的酒精浓度，然后开始做询问笔录，老魏没喝酒，当然也不会说酒话，他讲了遭遇，两个警察还挺同情，待讲到追击贾大头撞了警察时，警察生气了："遇到这事就该向我们求助，怎么反倒撞起警察来了！"

"我、我……"老魏实话实说，"我光顾看他的车牌了……"警察问："看清了吗？"老魏说："尾数好像是三个6。"

"666？"一个警察苦笑，"可不就让他溜了！"

化装侦察当卧底

违章肇事伤人，老魏被拘留了，最后如何处理还要看警察的伤势。

被撞的警察也姓魏，听说被撞得鼻青脸肿，好在大麻烦没有，一个警察骂老魏："人家小魏还没搞对象，要是伤了脑子破了相，你就缺大德了！"老魏听了又悔又愧，坚决要求去探望小魏，否则就绝食，警察们看他真诚，就带他去了医院。

到病房见了小魏，老魏上去抓住他的手，一句话没说就流下了眼泪。小魏已经听说过老魏的事，不但没埋怨反倒安慰他："没关系，我的伤不重，这账要算在贾大头身上。等我养好了伤一定帮你抓住他。"

老魏感动得泪如泉涌，死活要留下来照顾小魏，几个警察劝不动老魏，只好请示领导，领导听了也很感动，正好老魏的拘留时限到了，只是等候事故处理，所以也就同意了。

几天照顾下来，小魏的伤好多了，生活基本能自理，于是坚决不要老魏伺候，老魏当然不答应，两个人争争抢抢里透着亲热，不知道的人全以为他们是父子俩。

长话短说，一个月后小魏伤愈出院在家休养，要老魏带他去旧车市调查，可老魏就是不愿求人，何况小魏刚刚痊愈，老魏决定还是自己先悄悄地侦察侦察，等有了眉目再报告警察。于是他理了个小平头，留起胡子换了装，戴上一副平光眼镜，有空就到旧车市溜达。

那天，老魏正装作买车的样子跟人瞎搭讪，一个女人凑过来，老魏一眼就认出了她就是那天喊贾大头看车的时髦女人，可时髦女人没认出老魏，反倒向他推销起旧车来。

老魏早打好了主意，便说不是自己要用车，是自己公司的效益不好，存下的钱怕坐吃山空，想买辆便宜车倒手赚几个。时髦女人听了更热情了，忙介绍自己姓丁，车贩子中人称"螺丝钉"，又说做这种买卖外行可不行，都是几个人合伙互相帮衬，看老魏挺厚道，可以让他投资一股，投上十几万倒几辆车就赚回来了。

踏破铁鞋无觅处，得来全不费工夫，老魏料她跟贾大头必有联系，让他入股，这倒是个打入他们内部的好机会，便说愿意入股，只是钱都存了定期，取早了就损失了利息，还是等看好了车再说。

螺丝钉一笑："你是信不过我吧？好，我这就带你去看车。"

两个人来到一个停车场，螺丝钉指着一辆八九成新的红旗轿车告诉老魏，她已经跟车主讲好了，底价十万，粗算下来也有个二三万的利润空间，只要交了钱马上就可以成交，说着就掏出车钥匙让老魏试车。

老魏把车里里外外查了一遍，螺丝钉所说不虚，车子确实有八九成新，看完了就开车上了路，车内的配置跟帕萨特不同，螺丝钉就坐在副驾驶座上，探过身来指指点点，又细又白的小手不时地触到老魏的手，身上一阵阵香气袭人，斜眼看看螺丝钉，齿白唇红的也确有几分姿色，丧妻多年未娶的老魏不禁有些心旌摇荡。

螺丝钉大概也感觉到了，抿着嘴笑笑就跟老魏聊起了家常，一聊才知道螺丝钉也是一个人过，两个人聊得也越发投机了。

老魏倒没有色令智昏，试完车拿着牌照做了鉴定，过户也没问题，再反悔恐怕说不过去，想想也是稳赚不赔，索性取钱买了下来。生意做得顺利，老魏高兴得请螺丝钉到饭店大撮了一顿。

这顿饭吃得挺温馨，灯光柔和，乐声缭绕，面对花瓶中娇艳的红玫瑰，两个人互相夹菜，推杯换盏，眼看一瓶红酒告罄，螺丝钉的话更多了。

老魏趁机问起其他合伙人的情况，螺丝钉笑起来，说合伙人其实只有一个叫贾大头的人，这家伙神通广大，手眼通天，这辆红旗车就是他搞来的，只是上个月不知为什么被人追得躲了起来，直到现在还没有露头，再这样下去，今后的货源就难找了。

说到这里，螺丝钉还告诉老魏，贾大头是不让她发展同伙的，所以也不准备把老魏的事情告诉他。

这正是不谋而合，老魏也想要她瞒着贾大头，连忙又敬了一杯酒。螺丝钉醺醺然了，眯着眼问老魏："知道人家为啥叫我螺丝钉？"老魏猜道："是因为你能钻吧？"螺丝钉得意忘形了："这一钻就钻成了内行，看车估价一说一个准儿，贾大头只相信我一个人，嘻嘻，你就等着跟我发财吧！"说完又嘱咐老魏，干这行嘴一定要严，不该问的不问，不该说的不说，只管做买卖赚钱，老魏听了连连点头。

吃罢饭下得楼来，楼下的歌舞厅里正在轻歌曼舞，螺丝钉对老魏做了个请的手势，挎上他就进了歌舞厅。

只身逞强惊疑犯

侦察没有进展，贾大头的去向下落没有摸清，老魏和螺丝钉的感情却发展得不错，这种事自然不好意思告诉小魏，虽然小魏来过几次电话，要和他去旧车市，最终都被老魏谎称太忙推掉了。

这天老魏到一家公司谈生意，谈妥好合同，公司的黄经理送出门，一见老魏的新坐骑红旗车就叫起来："哈！发财发财，鸟枪换炮啦！"老魏赶紧谦虚："沾光沾光，全靠贵公司多多关照。"正要握手告别，却见黄经理盯着车子的保险杠直了眼。

老魏推他一把："喂喂，你怎么啦？"黄经理这才回过神儿来，问："你这车从哪儿买的？"老魏紧张了："旧车市呀，怎么啦？"黄经理只是摇头不语，看样子必有隐情，老魏越发要问个明白。

黄经理无奈，好在两个人是老朋友，也只好说出了来龙去脉：

原来黄经理养了个小蜜，还为她买了房子和红旗车，不想上个月小蜜突然卖了房子开了车子跑了，至今找不到下落。只因这辆车曾经撞过一下，正巧在保险杠上撞出个心形凹陷，黄经理觉得这颗心颇有象征意义，修理时就特意保留了下来，如今睹物思人，多少往事涌上心头。

这回该老魏直眼了：买车虽然合法，却没想到竟是这种来路，怪不得价钱如此便宜。这个贾大头果然手眼通天，上次坑得自己割肉喂自己，这次又害得自己如此尴尬。

老魏红着脸要把车原价奉还，黄经理连连摆手："不敢不敢，贼去关门，破财免灾，开着它只怕一走神儿送了命！"

事后老魏好几天没约见螺丝钉，不管这女人是否知情，总归是个危险人物，只怕自己越陷越深，没抓住贾大头倒先犯了法。

倒是螺丝钉沉不住气了，打电话来开口就埋怨老魏狠心，一连好几天不理她，老魏只好推病，螺丝钉一听就急了，说什么也要来看他，老魏不敢引狼入室，只得约了出去吃饭。

到了饭店，螺丝钉一定要做东，要了一大桌海鲜，她兴高采烈地告诉老魏,贾大头突然来电话说有笔大买卖,搞好了一下子就能赚它十多万,要老魏赶紧筹钱,过了这村就没这店了。正说着螺丝钉的手机响了,她一边听一边眉开眼笑,接完电话就告诉老魏,是贾大头要她去看货,她不便带老魏一块去,让老魏慢慢吃喝,吃好了回去等她的消息,说罢结了账匆匆走了。

机会难得!老魏顾不得满桌子海鲜,起身悄悄跟在后面,待螺丝钉开车驶上大街,看前面已经隔了几辆车,这才启动车子跟了上去。

螺丝钉开车一直向北,出了市区驶上乡村公路,路上车越来越少,老魏和她中间只隔了一辆农用车,老魏怕她发现,只好减速跟在农用车后面。只见螺丝钉开进了前面的村子拐了个弯不见了,老魏不敢开进村,锁上车徒步跟了进去,村子里只有一条土路,老魏顺着土路走到头,向左一拐就看到荒地里一座厂房,厂房的铁门半开着,附近没人。老魏跑到围墙外面,双手扒住墙头引体向上,探头向厂里望去,只见里面两座炼炉满地废铁,像是家被取缔的钢厂,螺丝钉的车停在库房门外,她一定正跟贾大头在里面看货。

老魏正在琢磨下一步该怎么办,只听身后"咚"的一声,屁股上重重挨了一脚,身子一滑掉下来,立刻被一条胳膊紧紧勒住了脖子,耳边一声低吼:"找死!"一把刀子顶在了肋上。

所谓会者不忙,说时迟那时快,老魏使了个金蝉脱壳,突然抓住那人的胳膊往上一推,身子一缩一扭反到了那人身后,迅雷不及掩耳地在他肩胛上一拍,只听"咯"的一声,那人胳膊立刻脱了臼,刀子"当啷"掉在地上,没等他喊出声来,老魏又在他下巴底下一托。颌骨也"咯"地脱了臼,干张着嘴直"啊啊"。

老魏在那人脚踝上一踢,把他摔到荒草地里,正要潜进院子,忽听里面有人喝问:"二马,你小子干啥啦?快过来!"接着又听到汽车发动起来,老魏看看四周没有藏身之处,急转身撒腿就跑,一口气跑到村口跳上车,已听到后面车声渐近,便知道再跑älte会被后面的车看到,转眼发现旁边有个高高的麦秸垛,灵机一动开车向麦秸垛撞去,麦秸垛"哗"地塌了,整个把红旗车埋在了里面。

老魏躲在车里,不一会儿就听有辆车驶过的声音,待声音渐远,老魏摇开车窗探出头,却见那辆车又返了回来,慌忙再缩了头,估摸那辆车回到了废厂房,这才松口气倒出车来,绕道向市区开去。

半路上手机响了,接过来就听螺丝钉问:"你在哪儿?"老魏哂哂嘴:"吃海鲜呢。"螺丝钉又问:"我怎么听见车响?"老魏慌忙收了油门:"门口有辆车刚开走。"螺丝钉不响了,老魏再要说话,螺丝钉已收了线。

事不宜迟,老魏开车直奔交警队,恰好小魏正在开会,老魏忙把他叫出来,一五一十地说了事情的经过,小魏边听边惋惜地直啧嘴,顾不上埋怨老魏,急忙带他去找领导汇报。

领导听了老魏的汇报也挺遗憾,好在老魏收拾那个家伙的时候快如闪电,估摸对方没看清老魏的脸,螺丝钉也只是疑心而已,不过这一来就惊动了他们,贾大头他们肯定已经转移,再采取行动已经晚了,如今就只有让老魏继续和螺丝钉周旋,一旦发现情况立刻跟交警队联系,不要再擅自行动了。

楼门惊魂遭突袭

等了两天没有音信,老魏只好主动跟螺丝钉联系,螺丝钉沮丧地告诉他买卖吹了,贾大头又销声匿迹了。那天他的手下不知被谁卸了胳膊下巴，看样子不像警察干的，很可能是漏了风有人想黑吃黑。

螺丝钉像是开玩笑地问："不会是你干的吧？"老魏笑起来："过奖过奖，你太看得起我了。"螺丝钉也笑了："看你文绉绉的也没这本事，所以就没跟贾大头说起你。"

老魏马上夸奖道："聪明绝顶！他一多心咱们就没买卖了。"螺丝钉挺得意："你放心，风声一过他还得来找我。怎么样？晚上陪我去跳舞散散心？"老魏连忙答应："行行行！"

老魏打电话通知了小魏，小魏嘱咐老魏一定要争取螺丝钉的信任，警方已经立案侦查，正在监视螺丝钉，一有线索立刻就会采取行动。

老魏和螺丝钉吃过饭进了舞厅，大约是来得早一些，里面舞客寥寥，螺丝钉精心化妆打扮过，还真让人有点心动，她越跳越往老魏身上贴，老魏躲躲闪闪地让着，一个圈子转过来，忽然被一人挡住了去路，螺丝钉"啊"的一声站住了。他面前站着贾大头。

大概是因为老魏留胡子戴眼镜，舞厅的光线也暗些，贾大头没认出老魏，笑了笑，对螺丝钉说："新舞伴？给我介绍介绍吧！"螺丝钉红着脸看了老魏一眼，刚要开口，老魏忙接过话来说："敝姓李，公司职员，请问您……"贾大头没接老魏的话，转身对着螺丝钉哈哈一笑："不错不错，有眼力，人挺潇洒嘛，你们跳，接着跳。"说罢到舞池外坐下，要了杯啤酒喝起来。

这怕不是偶然相遇，老魏一边跳舞一边琢磨，看贾大头一时没有走开的意思，行为失常必会引起怀疑，反正螺丝钉已经暗示了和他关系不同寻常，眼下也只好假戏真做。想到这里，老魏两只胳膊加力，把螺丝钉越抱越紧。

又一曲跳罢，灯光复明，厅里不见了贾大头。

螺丝钉余兴未尽,含情脉脉地抱住老魏:"想不想到我家看看?"

老魏当然不想,可他知道贾大头很可能正在暗中监视,自己的红旗车是万不能用,而打车回家螺丝钉又会猜疑,为了稳住他们,也只好先跟螺丝钉回家,到时候再相机行事。老魏故意忸怩了一会儿,才说:"那就去看看吧。"

两个人出了舞厅,老魏便说喝多了酒,一头钻进了螺丝钉的车里。螺丝钉开车来到一座楼下,锁好车,带老魏进了楼门,伸手一按灯没亮,螺丝钉望着黑洞洞的楼梯撒娇道:"啊呀,楼灯又坏了,真黑呀。"老魏拉住她的手说:"跟我走吧。"

老魏在前,螺丝钉在后,摸上二楼一拐弯,墙角里一个黑影倏地闪出,伸手就勒住了老魏的脖子,一把刀同时顶在了肋上。老魏一惊,本能地要使金蝉脱壳,抓住那人的胳膊刚要上推,脑子灵光一闪立刻停了手,抖着身子哀求:"别杀我,钱都给你……"

同时,老魏听到身后的螺丝钉也被人捂住了嘴,"唔唔"叫着挣扎。看他们还没有下手的意思,老魏继续装蒜:"别使劲呀,我喘不上气了……钱就在我口袋里……"那人却没掏口袋,拿刀抵着他的软肋低声喝道:"钱也要命也要!"

装蒜不能不要命,老魏正待动手,螺丝钉身后那人发话了:"饶了他们吧。"老魏和螺丝钉同时觉得脖子一松,两个人影飞快地跑下楼去,不见了。

螺丝钉坐在地上直发愣:不要钱就饶命简直是奇迹,天下哪有这样抢劫的?只有老魏明白:好一个狡猾的贾大头,明摆着是来试探,幸好自己沉得住气,一动手就露馅了!

老魏扶起了浑身发抖的螺丝钉,庆幸自己总算闯过了这一关。螺丝钉惊魂未定,死死抱住他不放,说啥也要老魏陪她过夜,老魏想不出推脱的理由,也想不出自己有啥吃亏的地方,倒可趁机套出些底细,于是索性跟她进了屋。老魏安顿螺丝钉躺下休息,躲到卫生间给小魏打电话,刚说了舞厅里那个男人就是贾大头,就听小魏不知对谁大叫:"快!跟我去宾馆!"电话里再没了声音。

老魏哪里知道,其实小魏当晚一直在跟踪他们,当然也看到了舞厅里的一幕,小魏凭经验判断,那个突然出现的男人很可能是贾大头,可惜没办法找老魏证实,后来见贾大头离开舞厅,他立刻悄悄跟了上去。

贾大头开车回了宾馆,小魏跟到宾馆记下他的车牌号,再找到值班经理亮出证件,要求查阅住宿登记,就在这当儿,他没看见有两个男人离开贾大头的房间出了宾馆,当然也就没看见老魏被劫的好戏,等他记下住宿登记再回到舞厅,老魏和螺丝钉已经走了。

就在这时他接到老魏打来的电话,证实那个男人就是贾大头,小魏急忙带人赶到宾馆,贾大头已经退了房间不知去向了。

小魏回来把情况汇报给了领导,马上进行网上查询,将近天亮时有了结果,新洲市公安局发来了传真,根据住宿登记和车号比对,证实绰号贾大头的人真名叫贾大秋,居住地就是邻省新洲市。新洲市公安局介绍,他们新近破获了一个盗车团伙,据案犯交代,盗来的车都由这个贾大头销赃,经查此人目前不在本市,也正准备网上通缉。

现在证据已足,接下来的任务就是抓捕贾大头了。

引蛇出洞布罗网

第二天一早,小魏打电话约见老魏,对他说了调查结果,老魏知道案情重大，只得红着脸说了昨夜的先苦后甜，本以为小魏会笑话他，不想小魏却夸奖他智勇双全，至于跟螺丝钉之间发生了什么，纯属个人私事，螺丝钉只为赚钱不知内情，只要提供线索抓住贾大头就立了功，不会受太大的牵连。

这话说到了老魏的心里，他还真有点喜欢上了螺丝钉，原来还有些担心，现在倒可以放心地去螺丝钉那里。

两天之后，老魏正在公司里上班，螺丝钉突然来电话召唤，老魏忙放下手里的事赶了过去，一进门螺丝钉就扑上来，吊在老魏的脖子上直叫："我们要发财啦！"

老魏一问才知道贾大头又来了电话，说急等钱用，要把手里价值一百多万的车以五十万的价格让给她，老魏马上就明白贾大头一定是听到风声不妙，急于把赃车脱手携款潜逃。

螺丝钉直摇晃老魏："你发啥愣呀，还不快想法儿筹钱！"老魏坐下来问道："你想想他为啥一百万的车只卖五十万？"螺丝钉不耐烦了："我管他那么多，不是偷的就行！"

老魏一拍大腿："他就是偷的！""啊？"螺丝钉叫起来，"你说我销赃啊！"

事已至此，老魏干脆就合盘托出，听得螺丝钉目瞪口呆，半晌才瞪着老魏问："敢情你是来卧底的？"老魏摇摇头，螺丝钉又问："你是在利用我查线索？"老魏摇摇头："查案也是真的，对你也是真的！"

两个人正说着话，电话突然响了，螺丝钉接过电话，是贾大头催问钱筹到了没有，螺丝钉看看老魏，老魏把口袋翻出来抖了抖，螺丝钉会意，回说还没凑齐，贾大头限定明天交钱，老魏掏出车钥匙晃了晃，螺丝钉又会意，提出要先看车，贾大头犹豫了一下，答应了。

一挂电话，老魏就抢着和小魏联系，小魏要他们只管去看车，这次机会难得，切记不可轻举妄动。

老魏和螺丝钉开车来到约定地点，一个陌生男人拉开车门，一见老魏就瞪起了眼："你……"同时下意识地抖抖胳膊，摸摸下巴，眼珠儿不停地转来转去。

老魏一眼就认出了这个被自己拍脱过胳膊下巴的家伙，呵，这家伙还不敢肯定就是老魏，那天他疼得眼冒金星，也只是看到老魏个大概轮廓。

看他犹豫，老魏索性主动进攻："怎么啦，你认识我？"这家伙张张嘴咽了口唾沫，转头对螺丝钉瞪起了眼："谁让你带外人来的？"螺丝钉也瞪眼："怎么是外人？他是我老公，我们两口子买车就得两口子看车！"

这家伙半信半疑："你老公？我怎么不知道？"螺丝钉狠狠啐了他一口："你算个屁！我找老公要请示你？"这家伙"嘿嘿"干笑两声，朝老魏伸出手来："对不住，冒犯了，我叫二马。"老魏一握就感到他手上在暗暗使劲，故意"哎哟"一声缩回手来："好大的手劲呀。"二马得意地笑了。

笑归笑，事儿他不敢做主，只好打电话请示，贾大头经过那天在舞厅和螺丝钉家楼门里的试探，挺痛快地同意了，二马便带着他们向市郊开去。开了大约百多公里，又是来到一个废弃的工厂，二马打了个唿哨，大门自动敞开了，看起来几间厂房大门紧闭像是停了工，里面却隐隐传来金属碰撞的响声。老魏正要侧耳细听，二马急忙招呼他们来到仓库，打开库门里面却是空的。

二马跺脚"咳"了一声，回头告诉螺丝钉和老魏在库里等着，不准到处乱跑，说完就气冲冲地出了库房。老魏对螺丝钉使了个眼色："我上趟厕所。"也蹑手蹑脚地跟了出去。

只见二马匆匆跑到对面一间厂房,打开一扇小门钻了进去,老魏贴着墙跟上来,东张西望地想找个地方偷看,可厂房的门窗堵得严严实实,连个缝儿也找不到,老魏正要撤回,一眼看到墙角有个梯子,大概是这些家伙预备出了事逃跑用的,他一下子有了主意,蹬着梯子上了房顶。

房顶上是一排天窗,老魏轻轻走到那间厂房上面,一伸头就见几个人围着一辆崭新的宝马车忙得满头大汗,二马正叉着腰大发脾气:"……人家都来提货了,真他妈一帮饭桶!"一个工人连忙赔笑:"快了快了,装上保险杠就完活儿。"二马骂道:"装他妈仔细点儿,别让人家看出毛病!"

房上的老魏一看散落在地上的包装箱就明白了,前不久也曾在电视上看到过:这是在用走私来的零部件拼装进口车!再看半间厂房里堆的都是车架子零部件,才知道这是个地下拼装厂,这样拼出来的车成本最多不过三十万,不知多少人还要上当,贾大头这家伙也太黑了,临逃跑还要捞一把。

老魏正要下来,只听二马对工人们喝道:"限半小时完工!"说完出了厂房直奔库房,老魏慌了,只好顺着房顶跟到库房上面,没等伸头去看,就听二马在里面大叫起来:"快说!你老公跑哪儿去了?"螺丝钉挺镇定:"他说肚子疼,多半儿是找厕所去了。"二马骂了一声跳出来,向工厂角落的一间小房子跑去。

机会难得,老魏急忙抓住雨水管溜下来,脱下裤子蹲在了库房旁边的矮树丛里,待二马扑了空转回头,老魏突然提着裤子钻了出来,慌慌张张的二马吓了一跳,指着老魏的鼻子便骂:"谁他妈让你出来的!"老魏提着裤子也火了:"你他妈眼瞎了!不出来拉你库房里?"

螺丝钉闻声出来夫唱妇随:"你小子发什么疯,出来拉屎也犯忌?

车到底在哪儿?拿我们找乐儿是吧?咱不买了!"说着拉起老魏就走。二马慌忙拦住:"别急呀,车正加油呢。我去看看完事了没有。"急急地又跑回厂房。

老魏乘机告诉螺丝钉车是拼装的,反正也不是真买,验车不必认真,只要把贾大头调出来就行。不一会儿,二马把车开出来了,螺丝钉试了一圈就点头认可,提出明天要跟贾大头一手交钱一手交货,二马只得又请示贾大头,贾大头说太忙来不了,让他们跟二马交易,螺丝钉抢过电话叫道:"这么大的买卖我不放心!你想做就来,不想做就散!"老魏随声附和。

贾大头无奈,只得答应亲自交易,具体时间要他们明天等电话。

两个人回到家马上向小魏汇报,小魏立刻向上汇报,因案情有了发展,证实贾大头不仅销赃还涉嫌走私,领导经研究决定先派人监视这个地下拼装厂,明天双管齐下一网打尽。

插翅难逃终自毙

一切安排就绪,小魏交给老魏一个装着五十万元的密码箱,告诉他们只管放心去交易,交接完了就回家,千万不要打草惊蛇。

第二天,老魏和螺丝钉一直等到晚上九点才接到贾大头的电话,通知他们立即动身,驾车上高速公路向北开,路上会跟他们联系。

时间紧迫,老魏马上通知了小魏,自己和螺丝钉随即驾车出发,很快驶上了高速公路。老魏驾车保持中速行驶,螺丝钉抱着密码箱坐在旁边,一气开出百多公里没有消息,螺丝钉着急了,抱着钱箱不住地左看右看,公路上的车虽不多,但辆辆灯光耀眼,根本看不清是什么车。

电话终于响了,打开一听正是贾大头的声音:"我就在你们前面,看到了吗?"前面一辆车的尾灯在不停地闪烁,螺丝钉回答看到了,贾大头说道:"快点儿跟上来!"老魏加速跟上去,看到正是那辆宝马,两车并排的时候,车窗开了,贾大头大声问:"钱带来了吗?"螺丝钉举了举密码箱,贾大头喊了声:"跟我来!"开车驶进了紧急停车道。

看贾大头停了车,老魏也停了车,抢先跳下来,贾大头从车窗里探出头喝道:"你别动,让螺丝钉把钱送过来!"螺丝钉看看老魏,老魏点点头,螺丝钉骂道:"真他妈做贼心虚!"提着密码箱走了过去。

螺丝钉钻进车里刚关上门,宝马车突然启动,箭一般地飞驰而去。

突生变故,老魏愣住了,他怕小魏他们来不及部署,让贾大头携款逃跑,当然更担心螺丝钉的安全。他猜可能是二马把对他的怀疑报告了贾大头,要是这样,螺丝钉就危险了,此刻还是求人不如求己,老魏一咬牙,加大油门追了上去。

想追上宝马谈何容易,老魏把油门踩到了底,把心提到了嗓子眼儿,死死盯住宝马车的尾灯,他只想远远地盯住贾大头,暗中保护螺丝钉,如果被贾大头发现,一提速就会无影无踪了。

这时,后面一辆车按着喇叭从超车道追上来。两车一并排那辆车就开始向外挤老魏的车,老魏起先并没在意,可是越避让他就越挤过来,老魏警觉了,这家伙的意图已经很明显,就要挤得他撞断护栏滚下深沟,不用说肯定是在阻挠他追击贾大头,这家伙十有八九就是二马!

这时对面的车灯照亮了一张狰狞的脸,果然就是二马!老魏的车已紧贴了路边,二马又挤了一下,老魏的车擦上了护栏,伴着刺耳的摩擦声闪出一串火花,车身猛烈地颤抖起来,老魏急眼了,猛打方向盘给他来个以牙还牙,两车"嘭"地相撞,前轮挤在了一起,"吱吱"尖啸着冒出了一股橡胶的焦糊味儿。二马显然是个亡命徒，死死把老魏的车挤向护栏，他的车要比老魏的马力大，挤得老魏一次次擦上护栏，轮毂盖撞掉了，前机盖也被撞得凸了起来。

看来不甩掉二马是没法儿追击贾大头了，开车斗不过就下车斗，主意打定，老魏突然急刹车，车轮一声怪叫冒起了青烟，二马猝不及防，猛踩刹车已经晚了，巨大的惯性使他擦着老魏的车头斜冲出去，"嘭"地撞上了护栏，前轮轰然爆炸，前机盖张了大嘴，车子转了个三百六十度，"嘭"地再撞到护栏上瘫痪了。

老魏跳下车跑过去，只见二马被安全气囊挤在座椅上，龇牙咧嘴动弹不得，老魏要卸他条胳膊出出气，一拉车门已变形卡死，现在没工夫收拾他了，老魏又急忙跳上车向前追去。

其实高速公路的各个出口都早已被封锁，正要下路的贾大头突然发现出口横着警车，扭歪着脸猛踩刹车，急忙掉头又驶了回来，看到贾大头气急败坏的样子，螺丝钉慌了，她当时以为是到车里验钱，没想到贾大头会突然开车，现在后悔已经晚了，刚要编点儿什么话，贾大头冷笑起来，狠狠一拳打在她太阳穴上，螺丝钉"嗷"的一声昏了过去。

早就跟在后面的警车见贾大头发现了堵截，立刻鸣起笛追上来，贾大头心里庆幸早有防备，自己带上螺丝钉，后面派二马护驾，如果没有螺丝钉在车上，前堵后追的警察们就敢开枪了。

贾大头心里很清楚，高速公路再长也有个头，前面也必定会有警察迎面拦截，跑下去最终要落进警察的套子里，眼下唯一的办法就是弃车逃走，可丢下螺丝钉就没了人质，带上她又累赘得难以脱逃，若不是害怕杀人偿命，贾大头真想给她一刀子。

贾大头狠狠把油门踩到底，宝马像长了翅膀一样飞驰，渐渐和后面的警车拉开了距离，当拐过弯看不到警车的时候，贾大头急刹车跳下来，提着密码箱翻过隔离网落荒而逃。

后面的警车追上来，看到路边的宝马立刻停车，小魏和两个警察跳下来，观察了一下，立刻翻过隔离网追了上去。

老魏紧跟着赶到，跑到宝马车前拉开车门，一眼看到昏过去的螺丝钉，抱起她上了车，飞车往医院驶去。

警察没有抓到贾大头，他们追到河边的时候，只看到了漂在水面上的密码箱，密码箱捞起来了，贾大头却不知去向，难道是潜水逃走了？警察们调来警犬，沿着河两岸搜索也没发现踪迹，现在上游水库正在放水，水下有一股很急的暗流，估计贾大头已被淹死，于是马上通知下游拉网拦截……

螺丝钉被打成了脑震荡，老魏请了假在医院伺候，小魏也买了鲜花水果来慰问，看到老魏忧心忡忡的样子，忍不住埋怨道："行动前就告诉你我们都安排好了，各个出口早埋伏了警察，贾大头后面也有人化装驾车跟踪，只等他一到出口就瓮中捉鳖，你可倒英勇，玩起了电影里的飞车特技，如果不是惊了贾大头，螺丝钉怎么会受伤？求人不如求己也得看是什么时候！"

老魏红着脸连连自责，小魏不好再埋怨，告诉他贾大头的尸体已经找到，幸好二马只受了点轻伤，这才没断了追赃的线索，地下拼装厂里的从犯也全部落网，估计很快就可以结案，要他安心照顾好螺丝钉。

老魏岂能不尽心，螺丝钉只住了三天就出了院，也正是水到渠成，没多久老魏跟螺丝钉就结婚了，小魏也应邀参加了婚宴，酒酣耳热之际，小魏给大家讲了个故事：

村里有个老倔头，平生不肯求人，跟邻居也是老死不相往来，夏天突发大水，他和邻居都爬到房顶上等待救援，老倔头心眼儿多，怀里揣了几张大饼，饿了就躺在房顶上慢慢吃，邻居饿急了，央求他给一点儿，老倔头笑道："求人不如求己，你还是自己想招儿吧！"邻居无奈，仗着水性好，潜进屋里捞了些生米充饥。

看邻居直着脖子吞生米，老倔头正在庆幸自己有备无患，房子"哗啦"塌了，老倔头不会水，抱着块木板向邻居呼救，邻居也笑道："求人不如求己，你也自己想招儿吧！"

老魏笑起来："你小子影射我！"

(作者：林　秀)
(题图：杨宏富)

明察秋毫之眼、破解谜题之智、伸张正义之心，三者兼备，方可称之为神探……

神探·谜案
shentan mian

黄杜鹃谜案

路遇冤情

　　这年，当朝宰相狄仁杰被皇上派去各地视察吏治。到达慈县时，正值春末夏初，狄公便与随从洪亮等在湖畔找了家客栈住下，稍作游玩，顺便微服私访一番。

　　有一天，狄公一行正在湖畔赏花观鱼，突然听到一阵锣鼓声，远远地，只见一顶官轿缓缓而来，等近了一瞧，原来是慈县丁县令的官轿。突然，一个女人从人群中冲了出来，双手捧着诉状，口中大喊："冤枉啊，大人！"然后"扑通"一声跪倒在地，拦住了官轿。一个衙役连忙接过诉状，递给轿内的丁县令。谁知，不一会儿，轿帘一掀，诉状被扔了出来，只听丁县令道："你丈夫已经招供。而且事实确凿，杀人理应偿命，处秋后问斩。"衙役们随即上前,将告状的女子拖拽到了一边。

眼见官轿渐渐远去,那女子跪倒在地,痛哭不止。狄公忙上前,问道:"这位夫人,你因何事拦轿递状啊?"

那女子抬头一看,见狄公面相和善、气宇不凡,随从也是个个威风凛凛,料定非一般凡人,便如实道来:"我家住在泉水胡同,丈夫名叫赵大海,以贩茶为生。今年二月份去江南贩茶,五天前才回到家中。当天晚上,春雨绵绵,我们夫妻二人便早早睡下。天快亮的时候,我丈夫起床小解,突然发现房门大开,放在橱内的钱袋也不见了,随即喊道,'不好,家里进贼了!'我刚要起床查看,就听见院外有人大呼,'死人啦!死人啦!'我和丈夫出门一看,只见一个青衣男子趴在我家院外的胡同里,身上还背着一个钱袋,那钱袋正是我家丢失的!"

"哦?"狄公沉思道,"你怎知那钱袋是你家丢失的?"赵夫人答道:"因为那上面有我绣的一个'赵'字,所以一看便知。早起卖豆腐的吴小二发现了尸体,便报了官。原以为官府来人之后,把银两退还给我们就好了,不料他们却将我丈夫抓去衙门,说死者是他所杀。我丈夫不从,丁县令便下令严刑拷打。我丈夫吃痛不过,只得屈打成招,签字画押后,就被关入死牢,只等秋后问斩。我丈夫实在冤枉啊!"

狄公听后,不禁怒从心头起:"不问青红皂白,如此审案,真是草菅人命!夫人别怕,实不相瞒,我就是当朝宰相狄仁杰,此行正是奉皇上之命微服私访,望夫人不要声张。不过,若想断明此案,还需到你家查验一番,有劳夫人带路。"

赵夫人一听,连忙磕头拜见:"贱妾拜谢狄大人!"

一行人来到赵家,只见这家院子里种满了各色名目的花草树木,在正房西窗旁边,有棵大约一人多高的花木,形如杜鹃,花开正艳。花木下有个水缸，里面存有半缸水，水面上还散落了一层花瓣。狄公看了看，问道："这花哪里来的？"

赵夫人答道："两年前，我丈夫途经江南一处山林时，发现这花含苞待放，心下欢喜，便移来一棵栽于家中，却不知这花叫什么名字。""这水缸又有什么用处？"赵夫人说："这缸是我丈夫年前所买，他酷爱花卉，想在缸中养株红莲。前几天春雨不断，所以缸中积了雨水。"

狄公稍作沉思道："噢，是这样。"说着，又继续察看院内其他地方。这时，洪亮发现院墙上有几个脚印，便指给狄公看，狄公微微点头，又问赵夫人："你敢肯定死者不是你丈夫所杀？"赵夫人连连点头："我丈夫连日旅途劳顿，回家当晚倒头便睡，一觉睡到天亮。而且，他生性平和，遇事冷静，又怎么会如此冲动地杀死一个盗贼？望大人明察！"

狄公点点头，道："如果死者不是你丈夫所杀，本官定会还你们一个公道！本官另有公务在身，请夫人静心等待。"

说完，狄公带着随从出了赵家，直奔县城里最有名的药房"济世堂"。洪亮不解道："大人，您要抓药吗？"狄公笑道："天机不可泄露！"说着，他进了药房，手拿一朵黄花，递给正在抓药的郎中："郎中可认识此花？"郎中看了又看，连连摇头。狄公又一连问了几家药房，竟没有一个人认识。

回到客栈，狄公让洪亮把随身携带的医书古籍拿来，翻了半天，狄公忽然"哈哈"笑道："原来如此！洪亮啊，收拾收拾东西，咱们明天去县衙。"洪亮不明白狄公葫芦里卖的什么药，只得点头称"是"。

升堂问案

第二天，狄公一行人来到县衙。洪亮对门口的衙役喊道："当朝宰相狄仁杰大人在此，还不快去通报！"那衙役赶紧奔入衙内。

不多会，丁县令慌慌张张来到门口，倒头便跪："不知狄大人驾到，下官有失远迎，还望恕罪。"狄公道："丁大人请起，本官奉命前来视察吏治，区区小事，哪敢烦劳丁大人啊！"丁县令忙道："哪里哪里，狄大人请！"

进入府内，狄公开门见山道："听说前几天，丁大人办了桩赵大海杀人的案子，不知办得怎么样了？"丁县令一愣，寻思这老头的消息可真够灵通的，嘴上却答道："回大人，此案已审查清楚，案犯赵大海已经招供，现被押入死牢，只待秋后问斩。"

"哦，"狄公道，"本官进城的时候，道听途说，对此案也略知一二，不过还有几个问题弄不明白，不知这死者叫什么名字？家住哪里？以何为生？"丁县令答道："死者名叫张宝，家住城西福祥街，是一个无业游民。"

狄公又问："丁大人，你说是赵大海杀了张宝，这赵大海的杀人动机是什么？"丁县令道："因赵大海常年在外经商，这张宝见赵夫人貌美，且常常独守空房，于是趁雨夜潜入赵家，欲行非礼之事。不料，赵大海已提前回到家中，撞见张宝无礼，一怒之下将其掐死！为了洗脱罪名，赵大海便将自己的钱袋放在张宝身上，将其装成盗贼的模样。"

狄公冷笑一声："那张宝的尸体现在何处？""还在停尸房中。"丁县令回答。狄公起身道："速带本官前去查验。"

经过一番仔细查验，狄公并未发现张宝身上有任何伤口，脖子上也没有掐痕，只是口中有点酒气，头发上还粘着一朵黄花。狄公转头问道："丁大人，这张宝脖子上哪来的掐痕？带犯人，升堂，本官要亲自审问。"

不一会儿，赵大海被押了上来，只见他带着枷锁，全身伤痕累累，已被折磨得不成人形。衙役一脚将他踹倒在地，呵斥道："见了狄大人，还不快快跪下!"赵大海一听竟是当朝宰相狄大人,连忙磕头如捣蒜:"狄大人,张宝不是我杀的,小的冤枉啊,小的冤枉啊!"

狄公点点头,说道:"从实招来,本官自会还你一个公道!赵大海,你可认识死者张宝?"赵大海连连摆手:"小人并不认识张宝。不过那天,我在回家途中,曾在路边的酒馆门口见过他,当时店小二说,'哟,张宝,就两文钱也来喝酒啊?'他还看了我一眼。不曾想,第二天早上他竟死在了我家门口。"狄公又问:"你那钱袋里有多少银两?""回大人,有一百多两,全是我辛辛苦苦挣来的。"

狄公想了想,又转向丁县令道:"本官对此案已有新的定论。丁大人,请你现在押着赵大海,陪本官到赵家走一趟。""是,狄大人。"丁县令嘴上答应,心里却是暗自叫苦。

真相大白

在赵大海家,狄公指着胡同道:"我已量过,这胡同只有三米宽,赵大海只消伸手便可轻易将张宝的尸体拖入院中,这院内花园经雨水浸泡,土质松软,雨夜埋尸岂不是易事?可他却任由尸体倒在院外,这是为何?那赵大海伪造现场用的钱袋中尚有一百多两银子,足够普通人家三五年的收入,这代价也太大了吧?还有,这赵大海若真是杀了人,为何不赶紧逃命,反而在家中酣睡,这都如何解释?"

听到这里,丁县令面色蜡黄,冷汗直下:"这……这……"狄公又说:"这窗前的黄花,丁大人可认识?"丁县令抬头一看,连忙摇头:"下官愚笨,不识此花。"狄公又指着旁边的水缸道:"丁大人,你仔细看看,这缸内水底有何物?"丁县令探头看个仔细,只见缸底有两三块碎银。

狄公接着说:"这花名叫黄花杜鹃,多生于南方,所以,在北方很少有人认识。黄花杜鹃的花、叶、根均有毒,而毒性只作用于人体神经,让人有头晕目眩、四肢麻木的症状,所以,一般在死者身上发现不了中毒的痕迹。这张宝原是街头的混混,在打酒之时,遇上贩茶归来的赵大海,见其身背鼓囊囊的钱袋,贪念顿起,想趁雨夜潜入赵家盗取银两。那晚,张宝为壮贼胆,饮酒过多,正觉口渴之时,见缸中有水,便弯腰探入缸中饮水,一些细碎银两便由背上的钱袋滑入缸中。张宝喝足水后,翻出墙外正想逃跑,不料这水中因落入太多的黄花杜鹃且浸泡多日,早已含有剧毒,酒毒相攻,所以他没走几步便倒地身亡。这张宝不思进取,不务正业,因盗而死,可谓罪有应得!"

洪亮听完,这才恍然大悟,不禁连连拍手称赞:"精彩!大人真是高明啊!"

这时,丁县令早已浑身筛糠,狄公看了他一眼,说:"丁大人,你身为黎民百姓的父母官,却严刑逼供,草菅人命,又与土匪何异?只怕你这个县令的位子快要坐不长了。本官现判赵大海无罪,就地释放,另由丁大人赔偿赵大海十两银子,作为养伤之资,也算是本官给你一个改过自新的机会!"

赵大海全家跪在狄公面前磕头谢恩,围观的百姓无不拍手叫好。

(作者:王奎祥)
(题图:黄全昌)

你的心灵如此脆弱

死在新婚之夜的男人

10月5日上午,冀定市公安局接到报案,冀定建成房地产公司经理梁春死在婚床上。

市刑警大队长尚可斌马上带人赶到现场。

现场全是新婚喜庆的装饰,似乎还有昨天热闹的情形,但被婚床上面目狰狞的半裸男尸大大冲淡了。

法医的初步结论是,梁春死在清晨七点半前后,身上没有任何伤痕,排除了暴力谋杀的可能。他临死前经受了极度的惊恐,刹那间涌向心脏的巨量血液产生血栓塞,从而导致死亡。也就是说,他是被吓死的。

死者梁春的新婚妻子叫徐晶，是冀定医学院的老师，现在活不见人，死不见尸，踪影全无。她是目前为止唯一的犯罪嫌疑人。

尚可斌首先安排人手追查徐晶下落，同时围绕梁春的所有社会关系展开调查。

他很快就看到了调查结果：八年前，徐晶和梁春是冀定医学院的同班同学。徐晶在江南出生长大，性格温和，经历简单，学业和事业一帆风顺，目前的工作也做得不错。同事和学生对她评价较好。她家庭环境优越，父母都是冀定政府官员，有一定权势。

倒是梁春的经历颇为坎坷。

他从小生长在一个充斥着暴力的家庭里，母亲是江南女子，父亲是个屠夫，有暴力倾向，且嗜酒如命。在他小时候，父母间经常发生争吵，生性残暴的梁父动不动便对梁春妈妈拳打脚踢，连年幼的梁春也不放过，不仅让他饱受皮肉之苦，有一次喝醉了酒后，竟然野性大发，逼梁春吃生猪肉。从此，梁春见了猪肉就十分反感，再也不敢碰猪肉。而梁春的妈妈也不堪忍受家庭暴力，撇下年幼的梁春远走他乡。梁春十四岁那年，梁春的姨妈来冀定把梁春带到上海。后来，梁春从上海考入冀定医学院。

尚可斌对梁春的幼年境况唏嘘不已，同时他又感到困惑：梁春和徐晶都是读医学院，为什么梁春会改行成为房地产公司的销售部经理？

突然现身的新娘子

又一个消息吓了尚可斌一跳。第二天，徐晶竟然好好地在单位上班，似乎压根儿就不知道发生了什么事。

徐晶面对来访的尚可斌非常吃惊，一脸茫然，反问道："你在说什么？发生了什么事？"

尚可斌看着徐晶，这个女人身材修长，面庞俏丽，一双眼睛波光流转。对尚可斌一再提及的丈夫，徐晶十分不解，不停地问："什么丈夫？"

尚可斌愕然。徐晶和梁春的婚姻在熟人中尽人皆知，她怎么可以矢口否认？尚可斌只好转换话题，问她这两天在干什么。徐晶回答得更简单，说："在上班。"

"那么，10月5日早上你在哪里？"

"10月5日？我……我也不清楚，我记得前天我好像莫名其妙进了一家派出所，后来，他们给我换了一套衣服，把我送回了学校。"

尚可斌连忙安排人和各派出所联系。很快，河西派出所传来消息，说10月5日早上，他们接到报案，街上有一个非常古怪的女人在逛荡，大清早的只穿一件睡衣，淡粉色睡衣上绣着一对喜庆的鸳鸯。她神色呆滞，没有目的胡乱地走，便将她带回所里，问她的情况。她却只是发呆，什么也不说，什么也不做。

第二天一早，那女人却在派出所大叫起来，说怎么会在这地方，接着她向干警说了自己的身份，说上课的时间快到了，要赶回学校。警方见她说话条理清晰，思维敏捷，不像在撒谎，就为她换了身衣裳，按她说的用车把她送到了学校。

尚可斌蓦然闪过一个念头，她会不会因为受的刺激过大，引起暂时选择性失忆？

于是，尚可斌不再提及结婚及丈夫，只是问她知不知道梁春这个人。徐晶脸上颤了一下，好像在极力思索："梁春？好熟悉的名字……"

徐晶跟着尚可斌到了她的新房。她疑惑地打量着自己新房的一切，当目光集中在床头那幅大大的婚纱照上时，面部开始不停地抽搐，嘴唇剧烈地抖动，突然间，她迸发出全身的力量，撕心裂肺地喊道："梁春——"

这是只有对爱到肺腑的人才能迸发出的悲怆的呼喊！徐晶的喊声震惊了在场的所有人员。

到底是什么事情让梁春突然在惊吓中暴毙呢？

尚可斌他们走访了参加婚宴的所有当事人，还是没有获得任何有益的线索。就目前的情况看，徐晶嫌疑最大，但看着又不像。她没有谋杀新婚丈夫的任何理由。退一步说，如果她要谋害梁春，也不会选在洞房花烛后的次日清晨。

等徐晶情绪稳定后，尚可斌继续对她进行讯问，但徐晶的回答再次让尚可斌大失所望。

徐晶说，那天早上，她一醒来就看到新郎梁春面目狰狞地暴毙在婚床上，突然觉得天塌地陷了一般。后来的事，她就完全不记得了，等她有了意识时，人已经在派出所里。

河西派出所汇报，发现徐晶是在5号早上八点半左右，离梁春死亡不到一个小时，这与徐晶的叙述相吻合。

梁春死亡时肯定发生了一件事。那到底是件什么样的事，尚可斌他们一无所知。

往事疑云

刑警查出了一件令人难以置信的事。

八年前，梁春和徐晶是冀定医学院的同班同学，关系很好。但后来发生的一件事，却使两个人走上了完全不同的人生轨道——

那天，梁春他们全班同学集中在解剖教室，上《解剖学》第一堂现场解剖课，很多学生感到既新鲜又有点害怕。主课老师余教授有条不紊地展开解剖，边切划标本边解说。几名女学生吓得脸色酱紫，但仍强忍着内心恐惧，注意着老师的一举一动。没想到，解剖刚进行到一半，梁春却支持不住，"哇"地吐了一地，余教授没想到梁春这样一个高高大大的男生竟如此不堪，便作了个手势，示意其他同学把他扶出去。

梁春接下来一整天没吃下一口饭，整个人精神恹恹的。他后来也一直没吃饭，人一天天憔悴下去。但同学们却惊奇地发现，梁春这几天仍然能去教室上课，参加活动。

与此同时，余教授也发现一个非常奇怪的现象：解剖教室里的人体标本突然变得残缺不全，缺口有刀切割的痕迹。这天夜里，他悄悄守在解剖教室。到了半夜，他看到了惊心的一幕：梁春像梦游般撬开解剖教室的窗子翻进来，将泡在福尔马林溶液里的人体标本捞上来，掏出小刀，慢慢地切割标本上的肉，放进嘴里，不停地咀嚼着……

余教授强忍着才没让自己叫出来，他只觉得头皮一阵阵发麻，四肢也不听使唤，瘫坐在那儿，直到梁春重新翻窗出去，他才慢慢醒过神来。

第二天一早，余教授将此事报告给学院院长，学校领导马上开会研究，决定先对梁春进行精神检查。检查结果让人大吃一惊：梁春因在解剖现场过度惊吓，极有可能被吓出癔症，并产生某种联想，以致发生梦游强迫自己切割人体标本吃。

通过协商，校方做出一个决定，劝梁春自动退学，并答应为他保密，不向外面泄露此事。

就这样，梁春在第二个学年就因健康原因退学。

梁春回到家里。但他在老家除了父亲已经没什么亲人了，而父亲又是那样一个酒鬼。他没呆多久，母亲就回来找到他，把他接到了北京。原来他母亲到北京后又结了婚。又过了一段时间，梁春进了继父的房地产公司工作。今年6月，公司在冀定成立房地产公司，梁春顺理成章回到冀定，凭着个人能力当上了销售部经理。

梁春回到冀定的第一件事就是到母校里找徐晶。其实他们早在大学一年级时就确立了恋爱关系，只是当时学校禁止学生在校期间恋爱，才没有公开。学校劝其退学对他的打击实在太大，他不敢再找在学业上非常优秀的徐晶。直到这么多年后，他以一个收入丰厚的房地产公司销售经理的身份回来，才觉得自己可以面对徐晶了。

徐晶毕业后留校任教，现在是冀定医学院的讲师。她后来也遇到不少很优秀的男士，心里却激不起火花。这是因为她太爱梁春了，她抹不掉梁春在自己心里的影子。

久别重逢，分外激动。两个人都觉得年纪不小了，谈婚论嫁很快被提到议事日程，一到10月份，他们就领了结婚证，举办了婚礼。

人心好复杂

尚可斌虽然还是不能排除对徐晶的嫌疑，但也理不出头绪。无奈之下，他到北京拜访了犯罪心理学家老严。老严对尚可斌说："可以考虑对徐晶实施催眠术，通过催眠让她回忆出那天清晨到底发生了什么。"

尚可斌心里一动，暗道："我怎么没想到呢？"尚可斌匆匆赶回局里，把情况向主管局长做了汇报，得到同意后，他立即赶到上海请来全国著名的心理医学专家。在征求徐晶意见时，徐晶表示愿意配合，因为她也很想弄清楚她深爱的丈夫究竟是怎么死的。

催眠按计划顺利地进行，尚可斌紧张地在外面等待。四个小时后，尚可斌看到专家摇着头出来，说："我让她叙述那天发生的事，可她什么也说不出来……"

尚可斌大失所望：人的心灵真是复杂啊！

但专家接着又说："在催眠过程中，她老在叫着老师，还说老师脱光了她的衣服……"

尚可斌大吃一惊，接着问："这是什么意思？"

专家说："这说明她童年受过创伤，很可能受到过来自成人的伤害，这个人极有可能是她那时的老师……"

尚可斌说："这不可能。徐晶家境良好，她接触的都是有身份地位的人，并一直处于良好的保护中。"

于是，他建议心理专家再对徐晶实行一次催眠。

第二次催眠进行得依然顺利，并最终明白，徐晶9岁那年，家里给她请了个家庭教师。那教师是个女的，经常搂着她，抱她，还脱她的衣服，令她喘不过气来……

徐晶在催眠中进入了深度睡眠。这次，催眠师没唤醒她，她对尚可斌说："这个可怜的孩子太疲惫，她承受了太多的打击。让她多睡会吧。到了时间她自然会醒过来的。"

尚可斌点头同意。他吩咐手下的一位女刑警看护好徐晶，自己马上赶到徐晶父母家。

徐晶的父母刚开始吞吞吐吐，犹豫半晌，还是告诉尚可斌说，在徐晶9岁那年，他们的确为她请了一个家庭教师，那人看上去温文尔雅，可万万没想到，她竟然是个恋童癖患者，经常对徐晶进行骚扰，还在半夜偷偷爬上徐晶的床，做一些不堪的事，让徐晶的身心受到非常大的伤害。后来，徐晶的母亲无意中发现此事，立即赶走了那个女教师。

脆弱的心灵

尚可斌脚步沉重地离开徐晶父母家。他把梁春和徐晶的经历调查清楚了，很多谜团也解开了，但梁春的暴毙还是一个谜。这个谜底不解开，案子就依然是个悬案。

他正懊丧地走着，手机突然响了起来，是看护徐晶的女刑警打来的，她异常惊慌地报告说："大队长，快回来，徐晶死了！"

这句话犹如平地惊雷，顿时把尚可斌惊呆了！他来不及多想，火速赶回局里。只见徐晶躺在催眠床上，四肢僵直，嘴巴张开，舌头外吐，跟死人一般无二。在公安局里发生这样的命案，这也太离奇了，值守的警察也太不负责任了！尚可斌厉声问道："这到底是怎么回事？"

负责看护徐晶的女刑警汇报说，她见徐晶睡得很沉，就打了个盹，没想到就一会儿工夫，她一睁开眼就看到徐晶死在床上。

尚可斌戴上手套，翻了翻徐晶的眼睑，没料到，他手刚伸过去，蓦地吓了一跳：徐晶还有微热的体温！

女刑警也惊奇地说："队长，她在动……"

只见徐晶脸上慢慢有了血色，又过了好一会，她的舌头也慢慢缩了回去，身体渐渐松软下来。尚可斌摇摇她的身子，喊道："徐晶，徐晶……"

徐晶慢慢睁开眼睛，见眼前这么多人看着她，疑惑地问："怎么了？"

尚可斌问："徐晶，刚才发生了什么事？"

"又发生什么事了?你们不是在对我催眠吗?我只是睡了一觉啊。"

尚可斌命令女刑警马上带徐晶去医院检查身体,但检查结果表明,徐晶什么病也没有,除了丈夫暴毙使她精神状态不佳,她的身体非常健康。

尚可斌想了老半天,又赶到徐晶父母家,询问徐晶平时的生活状态。徐晶的父母开始还是不愿意说,直到尚可斌对他们说了徐晶在公安局莫名其妙的表现,徐晶的母亲叹了一口气,说:"自从那女人害了我女儿后,女儿的精神总有些恍恍惚惚。有时在大清早会出现一种僵死状态,四肢发硬,口张舌伸……但过一会儿又自动恢复正常。她自己什么也不知道……我们不知道该怎么办,又不想让她自己知道,就一直没有告诉她,后来徐晶长大后,发生这样的情况越来越少,也就没带她去看医生……"

尚可斌心里一动,立即告别徐晶父母,再次去北京找到了老严。

老严告诉他:"国外也报道过类似案例,一位女士在幼年时遭受过性侵犯,使她后来发生清晨形同僵死的症状,心理学上称这是一种'转化型歇斯底里精神官能症'。这类患者多是女性,而'结婚'是最佳的治疗方法。但徐晶的'结婚'也可能暂时造成了她病症的恶化,这是因为在新婚之夜,丈夫的性刺激可能激发了埋藏在她潜意识深处的往事,而使'晨间僵死'症状重新出现……"

尚可斌恍然大悟,说:"我明白了,梁春的性刺激使徐晶在新婚一大早又一次出现'晨间僵死'症状。梁春醒过来看到这一现象,以为妻子暴死,童年时被父亲强迫吃生猪肉的经历在他的心灵形成很深的创伤,造成精神上的自我强迫症。大学时吃人体标本事件,又进一步加深了他的病症。所以新婚妻子赤裸的'尸体'才会给他极其强烈的惊吓冲击,以致气绝身亡。而徐晶醒来后看到丈夫暴毙,本来就非常脆弱的心灵根本无法承受这样的现实,就在潜意识里强迫自己遗忘眼前的一切。她在无意识的情况下穿上睡衣,离开了新房……"

老严说:"的确如此……"

尚可斌的心灵一阵震颤,梁春和徐晶童年的创伤,竟然给他们带来如此深重的灾难。

他很想现在就回家,好好看看自己刚刚6岁的女儿。他暗暗发誓,要一直陪护着女儿,直到她长大成人,不让她的心灵受到任何创伤!

(作者:黄 云)
(题图:谭海彦)

祸起七彩砚

清嘉庆年间，魏县上任了一位新县官，名叫司马述，他不但处事公道，为官更是清廉，一日三餐粗茶淡饭，穿的官服都摞着补丁。这魏县盛产一种砚台，滑如冰，轻如绵，墨如凝脂，在满月的月光之下能发出七彩光芒，人称"七彩砚"。司马述囊中羞涩，几年县官当下来，竟然连一块七彩砚都买不起。

这年中秋之夜，司马述与夫人在后院赏月，夫人说起过几天要回乡探望娘家父母，不禁埋怨道："你是个穷官，我每次回娘家，买不起什么贵重礼物也就算了，好歹这次你给我捎一块七彩砚吧，让我在爹娘面前也有点颜面。"

司马述脸上挂不住，怒道："你就知道爱面子！一块七彩砚要三十两银子，我一年的俸禄不过五十余两，咱们能买得起吗？"

夫妇俩吵嚷起来，司马夫人伤心地掩面抽泣着离去。司马述看着夫人消瘦的背影、陈旧的衣衫，一腔怒气顿时化为愧疚。

他正独自负手在庭院里叹息，突然听到西墙那里"啪嗒"一声，司马述奇怪地走过去，发现地上有个布袋，打开一瞧，不禁呆了，里面竟然是一方七彩砚！装砚台的布袋上面还写着一行小字：黉夜无人，天地不知，赠君一砚，聊表寸心。

司马述抬头一瞧西墙那边，心里顿时雪亮。原来，墙那边是家砚台作坊，老板姓钱，几个月前，钱老板跟人家打官司，司马述公正判决，钱老板赢了官司，心存感激，几次携礼物登门拜访，都被拒之门外。今晚钱老板听到两夫妇争吵，感念司马大人的清廉，忍不住偷偷隔墙掷过来一方砚台。

拿着砚台，司马述心里踌躇起来，要是在平时，自己肯定会命人把砚台还回去，可一想到结发妻子的话，又有些犹豫。他一会儿走到门口想还砚，一会儿又忍不住折回来，如此三番五次，拿不定主意……

第二天一早，司马夫人醒来，发现丈夫竟一夜没有回房，不禁暗暗气恼：那死老头子肯定赌气睡在书房了，可到书房一看，也无人影，叫来家人一问，众人都摇头，说没见到大人。夫人纳闷了，难道丈夫去了县衙？叫来当差的衙役，衙役却说司马大人没有去县衙。这时夫人才慌了神，赶紧让家人四处寻找。

转眼半个月过去了，司马述竟然生不见人，死不见尸，一个大活人一夜之间消失得无影无踪，这可真是奇了！司马大人失踪的事震动了乡里，朝廷派人来调查了许久，也是毫无头绪，最后只得作罢。司马夫人伤心欲绝，凄凄惨惨地带着两个年幼的孩子司马亮和司马白返乡而去。

一眨眼十五年过去了，司马述的大儿子司马亮参加科举，高中头榜进士，司马亮上下打点，要谋求魏县县令之职。管人事的吏部官员纳闷了：魏县又不是什么富饶之地，穷乡僻壤有什么油水可捞？

司马亮长叹一声，告诉吏部官员："您有所不知，我父亲十五年前在魏县任上无故失踪，我想一定是被贼人所害，当时调查的官员无能，致使案子成了无头公案。我这次去，一定要查个水落石出。"

到达魏县县衙后，司马亮马不停蹄，立即调出十五年前的旧卷宗，一连几天，他昼夜不合眼地研究卷宗，寻访乡亲四邻，可这失踪案当年就没留下什么蛛丝马迹，过了十几年，更是毫无头绪可查。

这晚又值中秋之夜，司马亮心想，当年父亲就是在这天失踪的，他无心过节，只给母亲磕头请了安，便又回到楼上书房内琢磨卷宗。月挂中天之时，司马亮困倦不已，就推窗透口气，但见月色皎洁，清光撒在庭院中，院内十几株粗壮的古槐，在月光下，树影轻轻摇曳。

司马亮伸了个懒腰，正准备关窗，突然，他一下子愣住了，好像有什么东西吸引了他。他揉了揉眼睛，不禁"咦"了一声……

第二天，家人们惊恐地发现，司马亮也失踪了！就像十五年前司马述失踪时一样，书房的桌上有摊开的卷宗、燃尽的蜡烛，屋内窗户半开，却人去楼空，四下里寻找，连根头发丝都不见，如同平地蒸发了一般。司马老夫人哭得死去活来，十五年前，丈夫神秘地离她而去，没想到如今大儿子竟然也步了丈夫后尘。

此事引起的轰动不亚于十五年前，民间谣言四起，都说司马家的宅院是个鬼宅，司马父子两人都在月圆之夜被鬼拖走了。

司马老夫人强忍悲痛，派人把噩耗告知在老家的小儿子司马白，司马白闻听大哥离奇失踪，急匆匆赶到魏县。当他听到鬼宅的谣言后，不禁拍案大怒："什么鬼宅凶宅，我却不信！"

司马白性情刚烈，自从司马亮失踪，家人恐惧，都不敢住进宅院，司马白却偏偏带头住了进去。不但如此，入住当日，司马白还命人大放鞭炮，并扬言："有什么鬼怪，尽管冲我来，害怕的不算好汉。"

还真别说，自从司马白入住，一直平安无事。一晃一年过去了，这天是司马亮的祭日，当天晚上，司马白在庭院里祭祀过父兄，独自一人登上木楼，大哥就是从楼上的书房里失踪的。

司马白走进书房，心中十分伤痛，他无意中推开窗子，由于一年来书房无人居住，窗外一株古槐的枝桠已经伸到了窗台上。就在这时，司马白突然发现古槐的枝叶间竟然发出淡淡的光芒，他心里一动，赶紧叫醒家人，然后搬了张梯子，命家人爬上去一探究竟。

一个家人爬上十几尺高的树杈，透过浓密的枝叶一瞧，不禁大喊："树上有个洞，洞里好像有东西！"

这院内种植了十几株古槐，都有几百年树龄，有三四人环抱粗细，其中靠窗的这株，经雨水腐蚀、虫蛀蚁咬，树干内部中空，竟然烂出了一个树洞。只是洞口被浓密的枝叶挡住了，外人不注意，根本看不到。

听说树洞里有东西，司马白的心猛地一颤，他赶紧请来木匠，连夜把这株古槐锯开。天明之时，古槐终于一分为二，众人一瞧树洞内的东西，不禁大为惊恐：里面竟然是两具白森森的枯骨！

司马老夫人一瞧枯骨身上佩戴的遗物，顿时悲嚎起来："天哪，白儿，这是你那苦命的父亲和大哥呀！"

司马白又悲又痛又是疑惑，自家两代人怎么会一同葬身在这树窟之内呢？待清理出枯骨，众人赫然发现洞内还有一方砚台，正是当地盛产的七彩砚，装砚台的布袋已有些腐烂，隐约可辨布袋上有一行小字：黉夜无人，天地不知，赠君一砚，聊表寸心。

一见砚台，围观的四邻中有个苍老的声音大叫："那是我送给司马大人的呀! 怎么会在这里?"

众人循声望去，发现说话的是在宅院隔壁开砚台作坊的钱老板。司马白浑身颤抖，一把抓住钱老板的衣襟，问："你说，这到底是怎么回事?"

钱老板不知所措，说："这、这真的不关我的事，我只是送了块砚台给司马大人啊!"

钱老板告诉众人，十几年前的那个中秋夜，他正在院内赏月，突然听到隔壁县令大人与夫人争吵，他侧耳一听，才知道县令囊中羞涩，买不起七彩砚，被夫人嗔怪。他想，这司马大人可是清官啊，自己几次送他砚台，都被拒绝，这次何不成人之美呢? 于是他用布袋装了一方上等的七彩砚，又怕司马大人不收，便在布袋上写了一行字，然后才从墙这边丢了过去。砚台丢过去后，他见司马大人没有丢还他，就放心地回了房。

司马白愣了，许久，他瞧瞧砚台，又瞧瞧树洞和父亲的尸骨，突然明白了：那晚，父亲一时动心，收下了砚台，又害怕被人知晓，犹豫再三，决定先把砚台藏起来，可藏在哪里呢? 司马白记得，当年这株古槐上有个乌鸦巢，父亲一定是想把砚台藏在鸦巢内，于是他持砚攀上树杈，不想古槐早已中空，父亲一脚踏在朽木上，跌落在了树洞中。那树洞状如葫芦，人一跌下，葫芦口卡住人的咽喉，人悬挂其中，好比上吊，父亲挣扎没几下就毙命了。

司马白猜测得一点不错，当年司马述正是如此丧命。而十五年后，司马亮月夜在楼上查案，见窗外树枝间有光亮透出，那正是掉在树洞里的七彩砚发出的光。司马亮没惊动别人,自己从窗台攀上树杈,想一探究竟,不料一时失脚,跌落树洞,与父亲一样身死……

不久,当地有名的老仵作赶来,验骨后,说出两人死时的情形,与司马白推测的一模一样。而诱使两人横死树洞的罪魁祸首,竟然就是那方七彩砚台。

钱老板一时好心送砚,谁知竟然断送了司马家两代性命,不禁痛悔万分:"怪我,都怪我呀!"

不料司马老夫人却号啕大哭:"都是我的错!若不是我当年想要七彩砚,怎么会害了丈夫和儿子?老天爷,你太不公,我丈夫一生清廉,不过一时昧心,贪下一块砚台,你就害得我家两代身死呀!"

司马白捧着那方沾血的砚台,看着布袋上面的字,忍不住泪如雨下,喃喃说道:"黉夜无人,天地不知,唉,暗室亏心,神目如电,天地怎会不知呀……"

(作者:于 强)
(题图:黄全昌)

智歼叛匪

这年深秋的一天中午，四川南部深山中的一条羊肠小道上，行进着一支五十来人的队伍。你可别小看这支队伍，他们是由优秀的解放军战士、公安、民兵骨干优中选优组成的精兵强将。他们这是赶往五十里外的一个山村，去抓捕叛匪"大炮"。

说起"大炮"，这一带几乎无人不知。七年前，"大炮"参加了那场由国民党残余势力和奴隶主勾结发动的川南叛乱，虽然叛乱很快被剿灭，但"大炮"却仗着熟悉地形，带着几个手下逃进了川南绵绵群山中的莽莽密林。七年来，抓捕队伍甚至连他的高矮胖瘦都没搞清楚，为此，当地政府组织了这支队伍，专门负责抓捕"大炮"和他的手下。

罗力是这支抓捕队的队长,他这次得到可靠情报,"大炮"将在里古村露天电影场与其手下木沙接头,罗力一边赶路一边想,这回再也不能让"大炮"跑了!

太阳落山时,队伍到达离里古村不远的山坡隐蔽起来,罗力用望远镜观察坝子的情况,他安排侦察员小马带着五名精干的队员混入露天电影场,盯住那个将与"大炮"接头的家伙,"大炮"一露头,就马上抓捕。

但是,电影都放了一大半,仍不见"大炮"露面,眼看电影要散场了,准备和"大炮"接头的木沙还是一个人静静地坐在一边,凭经验,罗力知道"大炮"一定混在观众里,再说,"大炮"这些年一直在东躲西藏,他急需活动经费,也急需知道外面的情况,一定不会放过放露天电影这个难得的接头机会。罗力决定临时修改行动方案,他一挥手,抓捕队悄无声息地扑过去,把放电影的坝子围了起来。

电影终于放完了,把坝子挤得满满的观众朝场外走时,突然发现坝子被围了起来,一支接一支的火把将小小的坝子照得如同白昼,村支书正站在检查卡旁,和抓捕队员一起,对观众一一辨别,然后放行。

村民们一个个通过检查卡,可人走了一大半,仍没有"大炮"的影子。

罗力在一旁镇静地观察着坝子上剩下的观众,他让另一位村干部顶替村支书,悄悄把村支书拉过来,让他看看这些观众里面有没有陌生人,这时,小马带领的五名侦察员已经带着木沙离开了场子,村支书将场子上剩下的几十号人看了几个来回,全是自己再熟悉不过的村民……

难道这次行动又失败了?就在罗力快要陷入绝望时,一道灵光突然在他脑子里一闪,他看到场子上有不少妇女,这些妇女大都五六个人拢成一堆,静静地聚在一起。他看了好一会,将目光集中在其中一群妇女身上,一声不吭地朝这群妇女走去,但就在他快要靠近这群妇女时,这群妇女突然紧张地往中心挤了挤,罗力停下脚步,默不做声地看看这些女人,又转过身走开了。这时,侦察员小马跑过来,奇怪地问:"队长,你怎么老盯着女人看?"

罗力把小马拉过来,对着小马耳语一番,小马惊讶得差点合不拢嘴,问:"队长,这、这行吗?"

罗力严厉地说:"少废话,马上执行命令!"

"是——"小马答应一声,马上带着几个队员和两名村干部,匆匆离开了坝子。罗力仍然不动声色地在几堆女人中间转来转去,坝子外围的检查卡仍然在按部就班地辨别着一个个观众,让观众一个接一个走出坝子。

就在这时,坝子外传来阵惊叫:"牛惊了,快让开——"只见一条大水牛疯狂地冲进坝子,狂牛后面紧跟着小马他们几个人,几个壮汉硬是追不上这头狂牛,眼看狂牛直对着罗力刚才察看的那群妇女冲过去,那群人毫无思想准备,顿时尖叫着四散逃开。

"砰——"一声剧烈的枪声突然在坝子上空炸开,随之是罗力炸雷般的吼声:"抓住他——抓住那个小孩!"随即,周围的队员闪电般朝着一个矮小的黑影围了上去。等场上的村民回过神时,罗力和十几名队员正举枪围着一个十岁上下的小孩,这个小孩手提双枪,绝望地盯着眼前十几个黑洞洞的枪口。

罗力厉声命令这个被围的小孩:"'大炮',放下枪!"

"嘿嘿——"这个小孩冷笑两声,突然抬起了手。

"砰——"没等这小孩的手抬起来,罗力的枪已经响了,紧接着就是十几声"砰砰"的枪响,小孩的身子转眼间被打了一大堆窟窿,直直地倒在地上。

　　站在不远处的村支书紧张地跑过来，紧张地喊道："队长，你——你们怎么打死一个孩子？"

　　罗力把村支书带到小孩跟前，说："孩子？你再看看。"村支书拿过一支火把，对着躺在地上的小孩一照，只见倒在血泊中的小孩有一张成人的脸，原来是个侏儒。

　　村支书不解地问："队长，这到底是怎么一回事儿？他就是'大炮'吗？从哪儿钻出来的？"

　　"我敢肯定他就是'大炮'。我们谁也没想到，抓捕了七八年的'大炮'竟然是个侏儒。'大炮'，'大炮'，一般人都会想到那是个脾气暴烈的大个子男人，哪知道这绰号竟然是这个家伙用的障眼法！"

　　村支书又问："你又怎么知道他是个侏儒？然后用狂牛把他逼出来？"

　　罗力走到一个身着百褶裙的少妇身旁，关切地说："大嫂，刚才你受惊了。"

　　这位身材高大的少妇仍然惊魂未定，颤声说："你们刚把坝子围住，这家伙就突然钻进我的裙子里，拿枪顶着我，说如果我暴露了他，他就把我打成稀巴烂，我只要站住不动，轮到我时，我再罩住他往检查卡走，只要让他通过了检查卡，他就给我重奖。他还威胁我身边的几个女人，要她们围住我，不许吱声，更不许乱动，不然，就把她们全打死……"

　　罗力接着说："刚才辨认了那么多人都没'大炮'的影子，我就想，如果他在这个坝子上，就一定还没逃出去，必然躲在某个地方，而这坝子上眼睛能看得到的地方我们差不多都搜了，他既藏在这坝子上，又在我们眼睛看不到的地方，那会是哪儿呢？我突然看到坝子上的妇女们，这里每个妇女都穿着宽大的百褶裙，虽然裙子下面藏不住一个大人，但藏一个小孩子是完全可能的。凭直觉，我感到这位大嫂的这一群与其他几群有些不一样，特别是这位个子高大的大嫂。但如果她们真的被挟持了，我们强行上去检查就可能造成伤亡，于是，我让小马弄来一条牛，让牛受惊发狂，狂牛这么一冲，妇女们出于保护自己的本能，肯定会四散跑开，这家伙就会暴露出来……"

接下来，抓捕队又进行了缜密的查证核实，证实这个被击毙的侏儒就是流窜多年的叛匪"大炮"。

紧接着，"大炮"的几名手下也相继落网。

（作者：吴治江）
（题图：谭海彦）

老鸹窝之谜

屠户苟石榴房后的老榆树上有个老鸹窝，老鸹天天叫个不停，苟家屋子的人都说不吉利，劝苟石榴把老鸹赶走，苟石榴却不听，这几天老鸹突然停止聒噪，果然村里就出了事。

苟石榴年过七旬的老爹被人杀死在家中，苟石榴报案称西邻苟蛋有重大嫌疑，理由是几年前苟蛋翻盖房屋，侵占了他爹的宅地，和他爹发生争执，后两人又多次口角，最终村委会作出裁决——苟蛋让出多占的宅地，向苟石榴的爹赔礼道歉。对此，苟蛋一直怀恨在心。苟石榴爹被害的第二天一早，苟蛋外出打工不知去向。

县公安局接到报案后，立即追查，三天后从市里一建筑工地将苟蛋带回，并发现苟蛋所穿背心上有新鲜血迹，经取样化验后发现，这个血迹和被害人血型相同。审讯之初，苟蛋拼死抵赖，别说是杀人，连被害人的死，他都说毫不知情。经过几天审讯，苟蛋才承认是他杀的人，不过，他提出了一个古怪要求：死前一定要见见"神算"。

"神算"是市局一名刑警，破案时通过现场勘验观察，常常能发现别人难以发现的蛛丝马迹，然后条分缕析，找出犯罪嫌疑人犯罪的重要证据，屡建奇功，被人广为称道，久而久之就有了"神算"的美名。

由于苟蛋一直没能提供出凶器藏匿地点，无法结案，所以县局只好答应了他的要求，让他见"神算"。这一天，"神算"来到了县看守所。苟蛋听说眼前站着的人就是"神算"，立即号啕大哭，连称冤枉，请"神算"为他做主。

"神算"从看守所出来，立刻驱车去了苟家屋子。第二天，"神算"从苟家屋子回来，建议县局立即传讯被害人的儿子屠户苟石榴。

县局的人纷纷质疑：这不是要为苟蛋翻案吗？苟蛋杀人动机明确，而且是本人已经承认了犯罪事实，这案翻得了吗？县局的人不服。可是，"神算"毕竟是从市局请来的，又是来协助办案的，而且县局无法结案，无奈之下，县局的人只好听他的。

苟石榴被带进县局审讯室，他一坐下就连喊冤枉，哭得鼻涕一把眼泪一把。县局的人冷眼旁观，看这案子"神算"怎么审。

"神算"问："一年多前你爹是不是瘫了？"

苟石榴答道："是。"

"神算"又问："你家房后有棵老榆树，老榆树上有个老鸹窝，可有此事？"

苟石榴说："是有个老鸹窝。"

"神算"问为什么这几天老鸹突然不见了。

苟石榴眼睛一瞪,觉得十分奇怪:"我天天忙着杀猪,哪有工夫关心这事?"

"神算"又问苟石榴:"明知你爹和苟蛋有过节,苟蛋外出打工你为啥还请客为他送行?"

苟石榴答道,俗话说冤家宜解不宜结,自己也是想趁此机会把过去的疙瘩解开,乡里乡亲的,想不到他酒壮贼胆,杀死了老爹。说着,苟石榴又"呜呜哇哇"哭了起来。

"神算"问完这些,说:"你走吧,没你的事了。"

苟石榴将信将疑,看看"神算",又看看县局的几个刑警,一步三回头,走了,他走出县局大门,见真的没事,这才放开了脚步。

苟石榴一走,县局的人大眼瞪小眼,不知道"神算"这葫芦里卖的什么药。

晚上十点,"神算"带着县局的两名刑警来到五里外的苟家屋子。他们把摩托车停在村外,悄悄潜入苟石榴家附近埋伏起来。这时,苟家屋里灯已灭了。

"神算"他们等了半个多小时,"吱呀"一声门响,有个黑影向老榆树走去,"噌噌噌",一会就爬上了树;又过了一会,树上落下个东西,人也跟着下来了。

"神算"一声喊:"上!"三个人扑过去,先将人按倒在地,再找从树上落下的东西:一把杀猪刀!

手电筒光下,被按倒在地上的人正是苟石榴!

路上,苟石榴还想狡辩,"神算"说:"自从你爹瘫痪后,别说给你爹治病,连吃喝你都懒得伺候,因此你爹经常骂你不孝,对此你早已恨之入骨,也早想卸下这个包袱。听说苟蛋要外出打工,你以为时机来了,苟蛋打工外出的头天傍晚,你先将你爹杀死在床上,然后借为苟蛋送行之名,将苟蛋请到你爹房中,摆下酒菜,吃喝中你将你爹身上的血抹在手指上,找机会将血抹在苟蛋身上,这样就造成了苟蛋报复杀人、杀人后潜逃的假象,但你没想到的是,当你将血留在苟蛋身上的同时,也留下了自己的指纹。你和苟蛋喝酒喝到很晚,散场后已是后半夜了。送走苟蛋,你把行凶用的刀带回家,爬上那棵老榆树,将刀藏在老鸹窝里,这也是老鸹为什么突然离去的原因。"

苟石榴听了,无言以对。

(作者:王明新)
(题图:谭海彦)

危险的传说

张雨是个女侦探，协助警方破过不少案子，在圈子里小有名气。

这天，做警察的好友小丽来找她，约她去参加一个生日酒会，并说过生日的是自己朋友，也是个探案故事迷，很想认识张雨这个大侦探。见小丽兴致很高，张雨也不推脱了，两人便一同前往。

酒会在一栋别墅里举行，两人到场时，酒会还没开始。她俩正四下张望，就见一位年轻漂亮的小姐迎上来，和小丽打起了招呼。

小丽介绍说，这位漂亮小姐叫李木子，是个刚走红的演员，也是这场生日酒会的主角。李木子听说眼前站着的就是侦探张雨，开心极了，拉着张雨的手说："张大侦探，客厅人太多，咱们去楼上坐坐吧，趁酒会没开始,你给我讲讲你的破案故事。"说完,领着张雨和小丽上了楼。

三人来到楼上,找了个僻静的地方,刚聊了没几句,李木子的手机突然响了,她接通电话,不耐烦地"嗯"了两声,然后把电话一挂,招呼张雨两人道:"不好意思,化妆师找我去补个妆,我得失陪一下,要不你们先下楼等我,酒会一会儿就开始。"说罢起身走了。

张雨和小丽又回到了楼下的大厅,突然,小丽好像发现了什么,嘀咕了一声:"咦?他怎么也来了?"

张雨好奇地问:"谁啊?"

小丽指了指不远处一个男子,说道:"那人叫赵大中,是木子成名前的男朋友,没想到他也会来。"

张雨随口问小丽,两人为什么会分手。小丽摇摇头,说自己也不清楚,只是听说李木子脾气不是很好,两人经常吵架。正说着,大厅中回荡起了音乐声,酒会开始了。李木子缓缓走下楼梯,此时,她换了一套晚礼服,显得光彩照人,吸引了全场人的目光,张雨注意到,赵大中看李木子的眼神似乎有些异样。

李木子走下楼,来到大厅里一一招待来宾。这时,张雨注意到李木子有个奇怪动作——不时地用左手食指去触摸鼻子右侧,便笑着对小丽说:"瞧,明星也有这种奇怪的小动作啊。"

小丽低声解释道:"听说,关于这个小动作,还有段传说呢!二战期间,有一对恋人被迫分离,他们担心以后见面会认不出对方,于是就商量了这个动作。这样不管两人外貌怎么改变,只要不时做这个动作,双方就能相认。后来两人真的在战争中失散了,若干年后,两位老人在集市上偶然相遇,最终凭着这个小动作认出了对方。"

张雨手一摊:"可是李木子要和谁破镜重圆呢?该不会是那个赵先

生吧?"小丽摇摇头:"应该不是。木子是希望这个动作能带给她好运,找到属于自己的爱情。一开始,她只是因为好玩而刻意模仿,但到了后来,反倒成了她不知不觉的小动作……"

小丽的话没有说完,突然听到人群中发出一阵尖叫声。

张雨和小丽急忙跑上前,拨开人群一看,不禁大吃一惊。只见李木子正躺在地上挣扎,脸色极为痛苦,不一会儿便没有了气息。

张雨判断李木子是中毒身亡。小丽马上拿起手机,联系警署。张雨则站到台阶上,让大家不要乱动,以免破坏现场。她四下扫了一眼,发现有几个人神色尤其慌张,过去一问才知道,李木子出事时,这几个人就站在她身边。张雨便询问起事发时的情景:"当时李木子有什么异样吗?"

几个人连连摇头:"没有啊,我们一边聊天一边吃点心,突然,她就倒下了……"

其中一个人紧张地问:"我们都吃了一样的点心,不会也中毒了吧?"

张雨耸耸肩:"不会,不然你早就像李木子小姐一样了……"那人听了,这才捂住胸口长舒了一口气。

张雨又问道:"你们当时都吃了什么点心?"

一个人指着桌子上的几样点心说:"就这几样,曲奇、蛋糕,还有巧克力饼。"

"还有别的吗?"

一位姿态优雅的女士回忆了一下,说道:"好像化妆师明明小姐端来过一盘新点心让李木子吃。不过,我和丈夫也都吃了。"她指着桌角上的一个盘子说,"就是那盘子里的圆形点心。瞧,只剩一个了!"张雨俯下身仔细观察,发现这点心看上去很油腻,似乎加了不少黄油。

这时，小丽的同事们也来到了现场，他们对点心和餐具进行了初步检查，没有发现毒物反应，只在李木子的左手指尖和鼻侧发现了微量的剧毒物质。

张雨看着那盘油腻的点心，咬着嘴唇想了想，转身询问刚才的那几个人："李木子刚才是怎么吃那种点心的？"

"就是直接用手拿着吃呗！"一位男士撇撇嘴道。另一人补充说："我记得当时她用左手拿的，因为她右手还拿着吃了一口的曲奇，之后居然还舔了手指。"

原来如此，张雨嘴角泛起一个不易察觉的微笑：现在只剩下动机和证据了。想到这，她找到小丽，问道："小丽，赵大中和李木子交往之前的事情你知道吗？"

小丽摇摇头："嗯？我不清楚，只是听说他和李木子，还有明明都是大学同学，这和案件有关系吗？"

张雨没回答小丽的问题，反而继续问道："那个传说又是谁讲给大家听的？"

"很久了，大概三四年前，在一次聚会上化妆师明明说的。那时我还笑木子会模仿这个动作，没想到……"

接着，张雨又直接找到了赵大中："赵先生，我想问您一件事，希望能如实回答。"

"哦，什么事？"

"请问您原来和明明交往过吗？"

赵大中的脸色明显变了一下，但很快平静了下来："你是怎么知道的？不过是很久以前的事了，怎么了？"张雨微微笑了笑："没什么，那你后来怎么又和李木子小姐在一起了呢？"

赵大中冷冷地说:"我想这是第二件事了。"说完,转过头,不再说话了。

这人脾气真臭!张雨不禁摇了摇头。随后,她再一次找到了小丽,压低声音跟她交代了几句话。小丽点点头,匆匆走了。没一会,小丽回来对着张雨耳语了一番。张雨听完想了一想,站上了楼梯的台阶,冲大家说道:"大家安静一下,我已经知道凶手是谁了。"

见众人纷纷聚拢过来,张雨接着说道:"李木子小姐死于中毒。警察在李木子的左手指尖和鼻子右侧都发现了微量的毒药成分。但在餐具和点心里都没有发现毒药,所以,嫌疑人把毒直接下在了她的身上!"

一旁的小丽点点头:"是的,毒就下在粉底里,是在给李木子化妆时直接下的毒。"

张雨接口说:"能做到这一点的,就只有化妆师明明小姐了!"

众人的眼光一下子集中到明明身上。明明镇定地说:"这是个误会,李木子说不定是在什么地方碰到了毒药,不小心抹到自己鼻子上的。"

张雨微笑着说:"那你能不能解释一下,刚才李木子右手还拿着曲奇的时候,你为什么迫不及待地让她吃你送来的点心呢?"

明明"哼"了一声:"我知道她喜欢吃这种点心,经常点名要它,我只不过是好心而已。"

张雨盯着明明,说道:"是吗?恐怕真正的原因,是你希望她用左手来拿新点心吧?"张雨说着伸出左手,做了个摸鼻子的动作,"你知道她习惯用左手摸鼻子,因此化妆时,在她鼻子右侧下了毒,当她摸鼻子时,毒就沾到了手指上,然后沾到了点心上。而且,新点心很油腻,李木子身边又没有擦手的东西,因此她只能偷偷吮去手指的油腻,以免弄脏晚礼服,这也就加快了她的中毒。你是想把大家的注意力引到点心和木子的手指上,以便自己能逃离警方的调查。"

面对张雨的层层推理，化妆师明明的额头渐渐渗出了汗水。

张雨继续说："我估计这么短时间，你一定来不及处理证据，于是便请警察去找掺毒的粉底，果然被我们找到了。"

明明咬着发白的嘴唇，申辩道："这种手法并不难，只要熟悉李木子的人都能做到，我的化妆盒又没有上锁，肯定有人陷害我！"

"可当初那个爱情传说是你讲给她听的！"张雨步步紧逼道。

"那都是三四年前的事了，再说我怎么知道她听了故事会不会这么做？"明明眼神里闪过一丝挑衅的味道。

"够了！"旁边的赵大中再也忍不住了，冲出来对着张雨吼道，"你到底要刁难明明到什么时候？"

张雨没理他，继续问明明："我打听过了，李木子特别喜欢模仿爱情传说里主人公的行为。你很清楚她的性格，讲这个故事，就是有意识地引导她养成这样的习惯。而且掺毒的粉底是单独放的，就是为了方便销毁证据。"

明明低着头，没再说话。一旁的赵大中焦急地说："你快反驳啊，明明，一定是有人陷害你的。"

张雨深深看了赵大中一眼说："其实这件事情，是因为你而起。"

"因为我？"

"能说说你和明明，还有李木子的故事吗？"

"这……"赵大中显然不太愿意回答，他看了看一旁无助的明明，只能硬着头皮说道，"我和明明是大学时的恋人，后来李木子横刀夺爱主动约我，我……"

"别说了！"明明突然大喊一声，"人是我杀的。三年前讲这个故事就是为了杀她，她抢走了我和大中的爱情。当时，我想如果大中能够幸福的话，我可以忍下去，所以一直没有下手。可我后来得知，她对大中并不好，还经常发小姐脾气。她成了名，就把大中甩了……我恨她，真的恨她！所以我就采用了原先的计划！"明明说完，掩面大哭起来。

张雨看着掩面哭泣的明明，缓缓说："虽然李木子小姐做得有些过分，可是她会从爱情传说里学习小动作，这说明在她的内心对爱情依然很看重，只是她的脾气和为人差些。但无论如何，你都没有资格判定一个人的生死。"

警察把明明带上警车，张雨望着远去的警车，久久没有说话……

（作者：张晓群）
（题图：张恩卫）

乞丐和肥猫

捉拿乞丐

白州城新来了个县令姓陈，此人有个癖好，只要稍有空闲，就穿上便服，到大街小巷考察民情。

没过多久，白州城出了个神出鬼没的采花大盗，官府一直未能捉拿归案。这天，陈县令带着几个衙役上街，在城门口看见一排乞丐一溜儿躺着。忽然，他脸色一变，拉住杨捕头，在他耳边低声说道："你瞧见那个饿死鬼没有？"

杨捕头眯着眼一扫，果然发现一群乞丐中有个骨瘦如柴的乞丐，正拿着衣服在捉虱子。

杨捕头点头说瞧见了。陈县令又问："你瞧瞧他有何不同？"杨捕头瞪大眼，只见别的乞丐捉到虱子，随即便丢进口中，可那饿死鬼捉到虱子，却没有吃，而是恨恨地丢到地上。除此之外，与其他乞丐并无两样。

陈县令微微一笑，吩咐道："把他带回去，不要声张。"

杨捕头一愣，大人咋对这个饿死鬼感兴趣？但也没多问，带着手下把乞丐抓回了衙门。

陈县令随即升堂，把惊堂木一拍，冲乞丐喝道："采花贼，你可知罪？还不快从实招来！"此话一出，不单是堂下的乞丐，就连一班手下也都大吃一惊。

乞丐大喊冤枉，哭诉道："老爷，你要冤枉人也得找个像样的啊！你看我都快饿死了，怎么还能去犯案？"

陈县令喝道："休要狡辩！已有受害女子认出你来了，你还是快快招了吧！"

那乞丐开头还替自己分辩几句，后来索性闭上嘴巴，一副死猪不怕开水烫的模样。

陈县令沉吟半晌，说："采花一案，你有很大嫌疑，在我没抓到真凶前，先委屈你在此住一段日子了。"

乞丐被带下去后，陈县令招手叫杨捕头过来，细细吩咐：把乞丐关在后院那个闲置的小院子里，多派人手日夜看守。给他新衣新鞋，让他吃好睡好，一日三餐四菜一汤。

杨捕头听罢，心里很不高兴，这陈大人行事，太邪门了！尽管不乐意，可还得照大人的吩咐做。他派人烧了一桶热水，硬把那乞丐剥光，扔进了桶里。洗干净换上新衣裳一看，乞丐居然有了几分人样。然后，他命厨房做好饭菜端到屋里，果然是四菜一汤。杨捕头几个看得眼里冒火，这些伙食他们做公差的还吃不上哩!

杨捕头没好气地朝乞丐喝道:"这是你的,吃吧,别噎死你!"他以为乞丐会像饿狼一样扑上去,谁知乞丐只是瞧了一眼,便把眼光移开,说道:"我不吃,你们还是拿走吧。"

杨捕头一听,火顿时上来了:"好你个采花贼,还真把自己当老爷了!你爱吃不吃,饿死不干我事!"说罢率众人出去,锁上了门。

强迫吃饭

可接下来的几天,那乞丐还是坚决不吃送去的饭菜,只是偶尔喝几口茶,扒拉几口饭。杨捕头十分诧异,这乞丐还真有些与众不同,怪不得陈大人做出如此荒唐怪异的举动。于是,他赶紧找陈大人汇报。

陈县令眉头一皱,说:"他不肯吃,你们不会想办法让他吃吗?去药房找找嘛,有什么药让他吃了想吃饭的。"

这话提醒了杨捕头,他直奔城内最大的药房。那掌柜听他一问,呵呵一笑:"有!但这药却伤人!"

杨捕头把手一挥说:"不管,只要疑犯肯吃饭就行!"

掌柜便拿出一包药给他,笑道:"只需一口,你就是端牛粪上来,他也会给你吃光!"

杨捕头大喜,拿回去煎好,舀了些许混入茶中给乞丐送去,亲眼见乞丐喝了两口后,再命人送来酒菜,接着便偷偷在门外窥探。只见乞丐坐在椅子上,手捂着肚子,眼睛直勾勾地盯着桌上的酒菜,尖尖的喉结一上一下地快速滑动,显然是一副饿狼的模样。

杨捕头心头暗喜:这药果然厉害!可乞丐虽然食欲大动,却没有上前去吃，他紧咬嘴唇，青筋凸起，显然是在拼命抵抗。过了一会儿，他的嘴角竟慢慢流出一丝血来。

杨捕头看得暗暗心惊，这家伙真能忍！又过一阵，乞丐终于站起身来，一步步走到桌前，两只枯柴般的手慢慢伸了出去。杨捕头正高兴呢，却见乞丐猛地怪叫一声，双手一掀，把酒菜全掀翻到地上，接着双脚乱踩，嘴里还嗷嗷大叫着。

杨捕头不禁倒吸一口凉气，无可奈何地走了。哪知过了一会儿，一个手下面露喜色地跑来报告："那饿死鬼吃东西了！"

杨捕头急忙跑去一看，那乞丐正趴在地上，把饭菜抓起来就往嘴里塞，也不怎么咀嚼，嘴巴一闭，咕咚一声，便是一大口吞下肚去。吃到最后，他竟直接把嘴巴凑到地上，像狗舔食一般。

眨眼之间，地上的饭菜便被他吃得一点不剩，比扫过还干净。杨捕头看得目瞪口呆，赶紧去向陈县令报告。

陈县令听了，高兴得连声说道："好好好，你以后就天天让他喝那种药，他想吃什么就给他做什么，管他吃个够！"

哪知第二日，那乞丐想必猜到茶中有药，就再也不肯喝茶了。陈县令得知后，叮嘱杨捕头："他不肯喝，便灌他喝下去！"

于是，杨捕头兴冲冲地率了众人，把乞丐按倒，硬是灌了半壶茶进去。不料，这一回药过头了，那乞丐如疯了一般，把桌上的饭菜一扫而光，仍不饱，又四处去啃桌椅。杨捕头忙喊人送饭菜来，乞丐一连吃了三日的伙食，这才过瘾，那肚子胀得犹如十月的孕妇一般，煞是惊人。

如此几日，杨捕头如法炮制，日日强迫乞丐喝药吃饭，甚是顺利。

这天，杨捕头来到乞丐房外，忽然听见里面传出一阵怪声。凑近一瞧，不由大吃一惊。那乞丐刚吃完饭，此时正用手使劲抠着喉咙，然后哗哗哗地往外吐。

杨捕头看得傻了眼,这是何苦啊!他向陈县令一说,陈县令怒了:"以后等他吃完饭,就把他绑在椅子上,派两个人守着,不许他吐掉!"

杨捕头挠挠头皮,只得照办。晚上他给乞丐灌了药,等他狼吞虎咽完毕,便拿了绳索把乞丐绑住,旁边还站着一个捕快,拿刀看护。

惊人变身

第二天早上,待乞丐吃饱喝足,杨捕头正要拿绳索捆住,乞丐忽然摆手道:"且慢!我要去见大人,我认罪了,我便是采花贼。"

杨捕头大喜,带着他去公堂。谁知陈县令一听,冷笑道:"你莫急着认罪,再过两日,真正的采花贼便会落网。"说完,挥手命令将人带回去。

果然过了两日,前阵子作案的采花贼被逮住了,供认不讳。杨捕头急忙问:"真正的采花贼已经归案,把那个乞丐放了吧?"

陈县令仍是不露声色地说:"谁晓得采花贼有几个?还是先关着,老样子,好好招待他。"

杨捕头大为不满,过去一看,乞丐刚吃完一桌酒菜。杨捕头火冒三丈地抖出绳索,想把他捆牢。乞丐却摇头长叹一声:"公爷,别捆了!你们这样做,我虽每日吃好喝好的,却是生不如死啊!罢了罢了,以后我自己好好吃饭,再也不吐出来了。"

杨捕头一怔,恨恨道:"这样就好,你若再敢耍花招,看我怎么收拾你!"

从此以后,乞丐果然老实了。每天自己喝一口药,然后便风卷残云般大吃一顿。吃饱就往床上一躺,呼呼大睡,睡醒后,又接着吃。这还不算，他还吃出派头来了，要求吃这样吃那样的。杨捕头他们按陈县令的吩咐，由着他吃。

自打乞丐敞开肚皮吃喝后，三天便长一圈肉，速度十分惊人。如此一月有余，乞丐越活越滋润，像个养尊处优的老爷一般，一身油水。

这天，陈县令率了众手下来到房里，看了一眼乞丐，仰头哈哈大笑。乞丐见了他，却叹了口气，说："唉，我的好日子到头了。"

杨捕头早就厌恶至极，闻言问道："大人，我们要把他放了吗？"陈县令一笑："杨捕头，你仔细瞧瞧，看他是否眼熟？"

杨捕头诧异地盯着乞丐那张胖乎乎的脸，经陈县令一说，忽然也觉得似曾相识，好像在哪儿见过，猛然间想起了什么，指着乞丐喊道："莫非你是肥猫？"

"他不是肥猫还能是谁？"陈县令厉声喝道，"肥猫，你现在还有什么话好说？衡阳刘大财主灭门惨案是你干的吧？从实招了吧！"说罢一抖手中的画轴，露出一张画像。画中人肥头大耳，大腹便便，活脱脱就是眼前的乞丐。

原来画像上的人乃鼎鼎大名的江湖大盗，绰号肥猫。十年前犯下衡阳刘大财主灭门一案，并连同无数金银财宝一并消失。官府通缉捉拿十年无果，至今尚未结案。陈县令来白州前已接到密报，说肥猫在白州落脚，并极有可能易容改装。陈县令便常常暗中查访，终有发现。

乞丐望了一眼画像，情不自禁地摸摸自己的肚子，长叹一声，说："不错，我便是肥猫。事到如今，我愿招。只是我不明白，大人是如何发觉我的？"

陈县令大笑道："肥猫啊肥猫，你为了躲避追捕，竟让自己瘦成一个饿死鬼的模样，这番毅力，可敬可叹！可你扮什么不好，为什么非要扮乞丐呢？乞丐有不吃肉的吗？"

陈县令说，有一次在街上，他刚好看见一户人家在施舍，所有的乞丐都围上去抢食物，唯有一个瘦乞丐懒洋洋地躺在地上不动。一个丫环以为他饿得动不了，便过去塞给他一个肉包子。哪知这乞丐居然把包子掰开，把肉馅扔掉，而后一口吃掉半个包子，把剩下半个塞进了怀里。陈县令大感奇怪，自此盯上了他。

肥猫听罢，黯然长叹："天网恢恢，疏而不漏，这话是对的！"

(作者：刘　超)
(题图：黄全昌)

一扇不存在的门

布朗先生是一名退休老教授，今年六十多岁了，孤零零一个人住在一个名叫曼切斯特的小区内。

小区里还有一位叫梅森的老人，巧的是，布朗先生的后窗正对着梅森的卧室，以前，他们常常隔着窗户聊天。可是，最近梅森的心脏病犯了，他只能躺在床上，一日三餐和药都由家庭护士送到床边。

梅森再没力气聊天了，但布朗先生还是会习惯性地走到后窗，看看老朋友卧室里的动静。每一次护士拉开窗帘时，布朗先生都能看到对面卧室墙上的一幅油画。

画中有一位身穿宫廷服饰的古代美人，据说，她是法国国王路易十四的情妇，以行巫术和下毒而著名，后来被国王遗弃，下场凄惨。

布朗先生曾经问过梅森："为什么要在卧室里挂这么一幅画？"梅森笑着解释："我不喜欢这个女人，但喜欢这套宫廷服饰。"布朗先生很不喜欢这幅画，但每当他走到自家的后窗时，都不得不面对这幅画。

这天晚上，布朗先生踱到后窗前，习惯性地朝梅森的卧室望去，室内灯火通明，可是接下来发生的事儿，让布朗先生惊出一身冷汗：只见那幅油画上的古装美人，竟飘飘然地从画上走了下来，手里还举着一个托盘。她走到梅森的床边，将托盘放在一旁的小桌上，然后开始给梅森灌药。梅森似乎在抗议，但那个女人不由分说，将药灌进了他的喉咙，梅森瘫软在床上不动了。紧接着，那个女人又举着托盘，飘飘然回到画里，画中突然出现了一扇门，女人消失在门后。这时，屋里的灯忽然灭了，卧室内顿时陷入一片黑暗……

布朗先生揉了揉昏花的老眼，"难道这幅画显灵了？"他喃喃地说，"唉，我一定又犯老糊涂了，最近头疼得特别厉害。还是去睡觉吧，不然不知道还会出现什么幻觉。"

不过，不可思议的是，第二天早上，布朗先生得到消息，他的老邻居梅森前一夜真的死了，死因是被人灌下了过量的镇静剂。

梅森家只有三口人，梅森、他的侄子和侄媳，这几个月来，一直负责照顾梅森的护士艾玛小姐也住在他家里。案发当晚，他的侄子小梅森和妻子在离家三英里的地方参加一个化装舞会，而护士艾玛小姐则去城里看电影了。

布朗先生对警察们说出了他看到的异常现象："画上的女人从画中开了一扇门，然后消失不见了。我知道这听上去很荒唐，但真是我亲眼所见。"他走到窗户边，指着对面墙上的画，说，"你看，那幅画还挂在那里呢。"

案件的负责人是杰克探长，他皱了皱眉头，说："你确定你看到的就是画中的女人吗？"

布朗先生点点头，肯定地说："我看着那画上的女人已经有三年了，不会错的！"

"这么说我就明白了。"杰克探长对在场的警察们说，"昨晚小梅森和夫人参加了一个化装舞会，小梅森夫人的服饰就是依照画中的那位宫廷贵妇置办的。"

一个警察惊呼一声，说道："那您认为是小梅森夫人毒死了老人？"

"根据布朗先生的证词，我们只能得出这个结论，不过我感到奇怪的是，"杰克探长指了指对面的画像，"布朗先生，你确定那个女人是从画中出来、又回到画中？"

布朗先生斩钉截铁地说："对！"

"可是挂那幅画的墙上并没有门。"杰克探长眉头紧蹙着说，"那个女人又是怎样消失的呢？"

所有人都摇摇头，一片沉默。杰克探长从小梅森夫妇的笔录了解到，案发前几天，小梅森夫妇接到了化装舞会的请柬，小梅森夫人对家里那幅宫廷美人的画像印象深刻，就让裁缝店照样赶制了全套行头。当晚，舞会举行到一半时，她忽然接到了一个陌生人的电话，对方告诉她家中出了大事，让她赶紧回去。小梅森夫人不安地把电话里的事情告诉了丈夫，可正在打桥牌的丈夫牌兴正浓，小梅森夫人无奈，只得独自驾车回了家。等她回到家中，却发现一切正常，原来那个电话只是一个无聊的恶作剧。但这么一来，她已经没兴趣再回舞会，就上床睡觉了。

这听上去，小梅森夫人的确有最重大的嫌疑。

杰克探长又去调查护士艾玛小姐。"梅森卧室有两扇门，一扇通向走廊，一扇通向您的房间，您的房间紧挨着他的。"杰克探长对艾玛小姐说，"平时您的房间一直上锁吗？"

艾玛小姐是个身材苗条的美人，她正在扫地，今天她不小心将卧室的一面镜子打碎了。她点了点头，说："原先我从不锁门，但是一个星期前，我发现房间里的镇静剂少了一大瓶。我有些担心，因为人服用过量的镇静剂会导致死亡，于是我就把卧室的门都反锁上了。"

杰克探长理解地点点头："您估计会是谁偷了镇静剂？"

艾玛小姐耸耸肩，说："谁都有可能，小梅森夫妇，或者是梅森自己，老人的身体越来越坏，他很可能会产生轻生的念头。"

杰克探长很镇定地说道："可是住在对面的布朗先生说，案发当晚，他看见有个古装女人从画中走下来。您怎么看呢？"

艾玛小姐感到很可笑，她不假思索地说："他一定是看花眼了。我猜测布朗先生看见一个穿古装的女人走进卧室，她打扮得和画中人一模一样，于是他就认定她从画上下来，又回到画中。"

"这个解释听起来似乎合理。"杰克探长若有所思地点点头。

案子越来越扑朔迷离了，杰克探长从未碰到过这么棘手的案件。

这天早晨，杰克探长醒来，像往常一样洗漱、刮胡子，当看到镜子里自己的影子时，他的脑海里忽然闪过一丝灵感，如果当时布朗先生看到的只是镜子里的虚像……

杰克探长一拍脑袋，赶紧将所有涉案人员召集到小客厅，说他有重大的事情要宣布。

"布朗先生的证词非常关键。"杰克探长严肃地望着在场的所有人，说，"他看见一个穿古装的女人，从墙壁上一扇不存在的门走进来，又从那扇门走出去。可我们都知道，那面墙上没有门，只有一幅油画。可见，布朗先生当晚看到的，并不是那幅画，否则他就不会产生那个女人从画上走下来的错觉，这说明，案发当晚画被人拿走了。"

杰克探长指了指挂画的地方，继续说："而原先挂画的地方，被放上了其他东西，因此布朗先生才会看到一扇本来不存在的门。那被挂上的东西……"杰克探长拉长了声音，说道，"我猜是一面镜子！布朗先生看见的，其实是镜中倒映出来的门，实际的门则在墙壁的对面，而那扇门通向您的房间，艾玛小姐！"

杰克探长紧紧地盯着艾玛小姐，艾玛小姐的脸色变得煞白。

"那面镜子已经被您打碎了，如果我没猜错，艾玛小姐，一定是您说服小梅森夫人定制了画上的服装，是吧？"杰克探长冷冷地说道，"而且您也照样定制了一套，我已经到裁缝店了解过了。案发当夜，您假装去看电影，中途却从电影院里溜出来，从侧门溜进卧室。您知道布朗先生常常站在后窗向这边观望，于是您换上衣服，扮成小梅森夫人，邻居布朗先生就成了目击证人。"

听完杰克探长的话，小梅森立刻脸色大变，嚷道："原来凶手是你，我们家一向对你不薄……"

杰克探长看了看小梅森，脸上却露出鄙夷的笑容，说："我没说错的话，陷害您妻子的，您也有份吧？舞会上的电话是您打的吧？我们查过电话记录，已经证实了，那个电话就是从举行舞会的住宅里打出来的，当时您曾经离开过牌桌。"

说着，杰克探长将一份文件"啪"地扔在桌上，正色道："这是一份最重要的证据，小梅森，您犯下了重婚罪，您在国外和这位美丽的艾玛小姐结过婚，您有把柄捏在艾玛小姐手中，于是她逼迫您杀死自己的叔叔，并且嫁祸给您夫人，这简直是一箭双雕之计！"

最后，杰克探长目光炯炯地说："你们故弄玄虚，以为警察不会深究一位老人颠三倒四的证词，你们只想把所有疑点引向小梅森夫人，但是，我从来不会轻视老人的观察力，一扇不存在的门恰恰暴露了事情的真相。"

(改编：韦忠纯)
(题图：佐　夫)

馒头血案

连环凶案

平阳县衙有个捕头名叫马丰年，五十多岁，几十年来，他凭着敏锐的头脑和一身好功夫破获了无数案件，尽到了保一方百姓平安的职责，在平阳县有着不错的口碑。

可是近一段时间，马丰年是吃不好，睡不稳，头上的白发也多了不少。原因是近一个多月来平阳县接连发生了五起人命案，先后有十人死于非命，这是多年来平阳县发生的最严重的连环命案。更叫马丰年头痛的是，他到现在都没一点儿凶手线索，甚至连凶手的作案目的都不知道。

一个多月前，县衙接到报案，说仁和当铺的掌柜李旺失踪了。当时马丰年以为可能是李旺树大招风，被土匪劫走，想敲他一笔赎金，可是几天过去了，一点消息也没有，紧接着就得到李旺被害的消息。就这样，一起失踪案变成了人命案。

后来,马丰年带着几个捕快赶到了案发现场,却被眼前的凄惨情景给震惊了。只见地上躺着两具尸体,衣服都被撕扯得破烂不堪,身上血肉模糊,到处是伤,而且大部分伤痕好像是被牙齿给咬的。虽然两个人的衣服都被撕烂,但还是可以分辨得出,一个人身上穿的是绫罗绸缎,而另一个人穿的却是补丁摞补丁的粗麻布料,一看就是乞丐打扮。马丰年凑上去仔细一看,认出那个穿绸缎服装的正是几天前失踪的仁和当铺掌柜李旺。

经过仔细观察,马丰年发现,两个人的致命伤都在脖子上,不同的是,那个乞丐是被咬死的,而李旺却是被一剑刺穿喉咙死的。奇怪的是,李旺的手里紧握着半个馒头,嘴里还含着满满一口尚未咽下的馒头。仵作经过验尸,对马丰年说,这两个人死之前至少有三天没吃过东西了。

这时,在马丰年的脑海里,浮现出一个惊心动魄的画面:两个饥肠辘辘的人,为了争夺一个馒头而互相撕咬残杀,最终一个人被另一个人用牙齿给活活咬死,而当胜利者正狼吞虎咽吞食战利品时,却被人从背后一剑刺穿了喉咙。马丰年这么一想,不禁打了个冷颤。

他判断,杀人者采用如此残忍的手段,必定和这两个人有着深仇大恨。但李旺怎么会和一个乞丐扯在一起,又同时死在这里呢?马丰年觉得要破案,首先得弄清这个乞丐的身份。

于是,马丰年让人在县城四处张贴寻人告示,并把那个乞丐的尸体放在县衙门口,让人辨认。

当天下午,就有人来认领尸体了,而来的人也是个乞丐。据这个乞丐讲,死了的乞丐跟他是同乡,他们的家乡闹灾荒,才结伴一路乞讨来到了平阳县。他们到这里还不到十天,就在四天前的晚上,他们正打算在一个门楼下睡觉时,突然身前出现了一个蒙面人。蒙面人手持宝剑,眼放寒光,在两人身上扫了扫,最后伸手抓起身体更强壮的那个乞丐,飞身离去。

听乞丐这么一说,马丰年又觉得杀人凶手跟死去的乞丐并不认识,更说不上有什么仇恨了。那么凶手是跟李旺有仇了,可又觉得就算他跟李旺有不共戴天之仇,他完全可以杀李家的人来泄恨,为什么要拉上一个无辜的乞丐呢?马丰年想来想去,脑子里怎么也理不出一点头绪来。

不料,就在马丰年为李旺的案子头痛伤神的时候,又有人来衙门报案了。这次报案的是永丰粮行的少东家,他说自己的父亲在前一天夜里突然失踪,可连同床而眠的母亲也没察觉丈夫怎么失踪的,由此可见作案者是一个武艺高强之人。

六天之后,马丰年所担心的事情终于发生了。有人在城东的一间空屋子里,发现了两具尸体,其中一具就是永丰粮行的掌柜。马丰年带人急急赶到现场,发现跟上次李旺被害的情景几乎一样,与永丰粮行的掌柜死在一起的,也是一个身体较壮的乞丐,只是这次被咬破喉咙的是永丰粮行掌柜,乞丐则是被刺穿了喉咙,而他手里同样拿着没吃完的馒头……

马丰年回到县衙,和几名办案经验丰富的捕快一分析,认定两起凶杀案应该出自同一个凶手,但凶手作案的目的是什么呢?杀人手段这么古怪,让人摸不着头脑。马丰年认为,不管凶手出于什么目的杀人,总之是个非常危险的人物,很可能还会用同样的手段继续作案。最后马丰年把县衙里的捕快分成了三拨,夜里在县城轮流巡逻,如果发现可疑人物,就立即拘捕,他还嘱咐下属,要特别留意那些有钱人家,以及乞丐经常出没的地方。

尽管马丰年做了周密的防范，可是在接下来的一个月里，平阳县又出了三起命案，作案手法和前两起如出一辙，每次都是死两个人，一个有钱人和一个乞丐。如今平阳县已被这个杀手弄得人心惶惶，因为每次案发现场都有个吃剩下的馒头，所以人们把这个杀手称为"馒头杀手"。

不少有钱人因为怕这个杀手找到自己头上，都忙着搬离平阳县，平时街上随处可见的乞丐，现在也难觅踪影了。

这些天来，马丰年如同在火里煎熬，一方面为案子没有线索而焦急，另一方面每天还要被知县杜德贵叫去训斥一番。而且这几起命案已经惊动了知府大人，并派人下来过问，让杜德贵要尽快破案。杜德贵是个不学无术、靠花钱买来的知县，他对破案是一窍不通，但施权势、耍官威却十分老到，为了不再遭知府大人的责怪，保住头上的乌纱帽，他就不停地给马丰年施压。

冒险计划

这天早上，马丰年正坐在屋内，闭目思索案情，他已经想到了一个十分冒险的捉拿凶手的计划。就在这时，外面传来了急促的脚步声，一个捕快匆匆跑了进来，马丰年已经猜到发生什么事了，没等来人开口，先问道："又是谁失踪了？"捕快先是一愣，随即说道："大人，您猜对了，昨天夜里又有人被那个馒头杀手给抓走了，恐怕也会凶多吉少。"马丰年烦躁地说："快告诉我，这次又是谁失踪了。"捕快说："这次失踪的是四方酒楼的老板，王枫王掌柜。"

一听失踪者是王枫，马丰年惊得猛一下从椅子上站了起来。四方酒楼的老板王枫，不仅是马丰年多年的好友，而且是儿女亲家。马丰年有个女儿，名叫马小翠，王枫有个儿子叫王大志，两人都已到了谈婚论嫁的年龄，而且已经定下了完婚的日子，就在下个月十二号，谁知偏偏在这个时候，王枫被馒头杀手给劫走了，马丰年怎能不急？

马丰年穿戴整齐正要赶往衙门，杜德贵已派人来找他了，来人对马丰年说，县太爷的脸色非常难看，让马丰年小心点。马丰年心想，看来挨一顿训斥是在所难免了。

马丰年来到县衙，见杜德贵正脸色铁青地坐在堂上。马丰年行完礼后，杜德贵仍阴沉着脸，过了好一会儿才开口说道："我说马捕头，这些年来我一直很器重你，没想到现在你让本县这么失望。短短一个多月，接连发生了五起命案，恐怕用不了几天就会是六起了，而且死的都是平阳县的头面人物，可你身为捕头，竟然连一点线索都没有，是不是太过失职了？为此事，知府大人已经过问过好几次了，如果你五天之内，还是破不了案的话，你这个捕头也就不要再当了。"说完，一甩袖子转身离去。

马丰年从县衙出来，决定立即实施自己酝酿了好几天的破案计划。他注意到，前几起案子发生时，一个有钱人失踪后，在第二天肯定会有个乞丐接着失踪，然后没几天两个人的尸体就会在同一个地方被发现。马丰年想了好几天，决定装扮成乞丐引凶手上钩。

平日城里到处可见的乞丐，如今都没了踪影，马丰年转了好几条街，才在一个拐角处发现了一个小乞丐。小乞丐十二三岁，身材瘦小，却穿着一身又肥又大补丁摞补丁的成年人的衣服。马丰年心中大喜，于是拿出三两银子买下了小乞丐身上的衣服。等小乞丐拿着三两银子，欢天喜地离开之后，马丰年找了个没人的地方换上破衣服，又弄来一些锅底灰，把自己的手和脸涂得脏兮兮的，然后把头发散开，弄乱，一袋烟工夫，他就从一个身着官服的捕头变成一个破衣烂衫的乞丐了。

马丰年在街上转了一圈，发现以前的那些熟人都没认出自己，这才来到了城外的一座破庙里。马丰年知道按照那个馒头杀手的习惯，他昨晚劫走了王枫，今天必定会再抓个乞丐，马丰年把自己打扮成乞丐，就是希望今晚馒头杀手能够找到自己头上，到那时就可以逮住这个杀人凶手了。马丰年早就打听过了，现在平阳县的绝大多数身体健壮的乞丐都走了，剩下的都是些老弱病残、行动不便的乞丐，而这些乞丐也十分害怕馒头杀手，所以一到晚上大家都会聚到这座破庙里，靠人多来壮胆。

马丰年来到破庙的时候，离天黑还有两个多时辰，庙里只有几个行动不便的老乞丐。到了天黑下来的时候，庙里的乞丐就陆陆续续多了起来，最后，一座小小的破庙竟装了四五十人，马丰年在靠门口找了个地方坐了下来。

庙里的乞丐大多彼此熟识，见了面孔陌生的马丰年，都以为他是刚来本地的。于是有几个好心的老乞丐过来跟马丰年讲了馒头杀手的事，劝他赶紧离开这儿，走得越远越好。马丰年只是对他们说了些感谢的话，却没有要离开的意思，那些老乞丐也只有无奈地摇了摇头。

就在大多数乞丐昏昏睡去的时候，马丰年突然发觉一股微风吹过，紧跟着一个手执宝剑的蒙面人闪身进来。借着月光，马丰年清晰地看到从蒙面人眼中射出一股令人胆战的寒光。此时，蒙面人眼光往这些乞丐身上扫来扫去，吓得那些还没睡着的乞丐大气都不敢出。蒙面人的目光最后落到了马丰年的身上。

马丰年虽然已年过半百，因为长年习武，身体仍非常强壮结实。他知道这个馒头杀手喜欢抓身强体壮的乞丐，所以他特意把肩膀上的衣服撕开一条口子，露出自己结实的臂膀。

虽然馒头杀手近在咫尺，但马丰年觉得现在还不是抓他的时候，他考虑万一自己现在出手抓不住凶手，就难保王枫的性命。他决定要先救出王枫，再缉拿凶手。所以当蒙面人伸手抓他时，他没做丝毫反抗，完全像个毫无反抗能力的乞丐，还装模作样地呼喊了几声。

蒙面人背着马丰年出了庙门，疾步如飞，向南方飞跑而去。此时被蒙面人背在背上的马丰年又惊又怕，从蒙面人的手劲和脚力来看，他的武功十分了得，平心而论，就是他十个马丰年加在一起也未必是此人的对手。而且蒙面人的手一直抓着自己的脉门，就算此时马丰年想从背后偷袭他，也是不可能的。马丰年不由有些后怕，又有些庆幸，庆幸自己刚才在破庙中没有出手，要不然恐怕自己早就没命了。他想现在只能忍耐，等待机会，即使与他同归于尽也认了。大约过了半个时辰，蒙面人在一座破屋前停了下来。

屋里漆黑一片，马丰年感觉自己被绑在了一根木桩上，嘴被堵上了一块布。等蒙面人出去之后。马丰年使出了全身的力气，也没挣开绑在木桩上的绳子。

马丰年一夜没有合眼，次日阳光照到屋里时，马丰年这才发现，在自己对面不远处还绑着一个人，仔细一看，正是好友王枫。王枫低着头，嘴里也被塞了布。

马丰年使劲摇晃着身子，嘴里发出"呜呜"的声音。听到声音，王枫缓慢地抬起头，看了马丰年一眼，然后神情沮丧地耷拉下脑袋。

王枫早已从马丰年那里，听说了发生在平阳县的几起凶杀案的情况，这时他看到一个乞丐绑在了自己的对面，就知道自己离死不远了。但他怎么也闹不明白，自己堂堂正正做人，规规矩矩做生意，平时也没少做善事，为什么会遭到如此的厄运呢？

马丰年见王枫对自己的示意毫无反应，知道他还没认出自己，也就不再折腾了，心想还是留点力气对付馒头杀手吧。

马丰年和王枫被绑在破屋里饿了三天也没人管，蒙面人也没有出现。此时马丰年早已饿得头昏眼花，他知道王枫比自己多饿了一天，他的身体本来就不如自己，情况比自己更糟。

到了第四天的早晨，蒙面人终于出现了，手里还拿着一个冒着热气的馒头。这个馒头对于饿了三四天的人来说，无疑是个极大的诱惑，马丰年的胃开始剧烈地搅动起来，王枫呆滞的目光也亮了起来。

此时马丰年的意识还是清醒的，他知道之前在那几起凶杀现场看到的惨景就要在这里上演了，不过他已下定决心，自己就是饿死也不会跟王枫你死我活地争夺这个馒头，而让杀手在一旁看笑话。

蒙面人终于开口说话了，他用阴冷的声音说道："我知道你们两个都很饿，可这里只有一个馒头，所以你们得用生命来争取。一会我就把你们给放开，但只有活下来的人才有资格吃到这个馒头，也就是说，想吃馒头的话，就要把对方给杀死。我可以提醒你们一下，对于处在极度饥饿下的人来说，有一件非常厉害的武器，那就是你们的牙齿。"说完，蒙面人就给两人松了绑。

这时王枫的意识已经模糊了，唯一的感觉就是饥饿。想得到那个馒头的渴望，又让他身上多出了一丝力气。

而此时的马丰年正用疑惑的眼神看着眼前的蒙面人，从他开口说话的时候，马丰年就觉得口音有些耳熟，又仔细看了看他的眼神，他那举手投足的姿势，感觉更加熟悉了，最后马丰年的目光落在那个馒头上，他的脑袋就像过电一样，一个人终于在他的脑中浮现出来，他不由得冲口而出："二宝！"

陈年往事

十五年前，马丰年还只是个一般捕快，有一天他交完差回家时，路过一个胡同口，看见胡同里有两个乞丐在打架，一个是个身体强壮的成年乞丐，一个是只有七八岁的小乞丐。当时小乞丐已经被打得趴在地上起不来了，但他双手还是紧紧地抱着大乞丐，用牙齿狠狠咬着大乞丐的脚脖子。大乞丐一边用脚狠命地踢小乞丐，一边狼吞虎咽地吃着一个馒头。

那年正是大灾之年，城里的乞丐特别多，马丰年以为这两个乞丐是为了争夺一个馒头在打架，便走上前去准备制止。那个大乞丐一看到捕快，就使劲甩开小乞丐跑了，小乞丐挣扎着还想去追，可没走两步就摔倒了。

马丰年急忙上前想扶起那个小乞丐，可小乞丐却推开了他的手，向墙脚爬去，马丰年这才注意到，那里还躺着一个乞丐。

小乞丐边哭边吃力地把那个乞丐搂在怀里，嘴里不停地喊着"爹爹"，看来他们是父子俩。马丰年上前一看，只见躺在地上的乞丐满身是伤，脖子上的伤口还在往外渗血。马丰年二话没说，急忙背起乞丐就往医馆跑，小乞丐在后面哭哭啼啼地跟着。

可是因为那个乞丐失血过多，最终没能抢救过来。直到郎中把乞丐身上的伤口清理干净，马丰年才看清楚，乞丐身上大部分的伤都是被牙咬的，包括脖子上的那处致命伤。

把死去的乞丐安葬后，马丰年见小乞丐孤苦伶仃无依无靠，就收留了他。后来马丰年从小乞丐的口中得知，他的名字叫二宝，也知道了那天所发生的事。

二宝的家在乡下，由于逃荒，他和父亲一路乞讨来到了县城，哪知县城里的灾民更多，一连三天父子俩没讨到一粒米。就在两人饿得头昏眼花时，一个穿着华丽的有钱人手里拿着一个馒头，问他们想不想吃，父子俩见到这个救命馒头，当然想吃了。可那有钱人说，要吃馒头得跟他走，当时爷俩以为遇到了好心善人，就跟着他走了。

那个有钱人把他们领到一个偏僻的胡同里，胡同里躺着一个饿得不行的乞丐，他一见有钱人手里的馒头，两眼顿时放出了贪婪的光。

这时，那个有钱人露出了他的卑鄙嘴脸。他说要想吃馒头，二宝父亲必须和另一个乞丐打一架，谁赢了谁才可以吃那个馒头。二宝父亲本想拒绝，但看到快要饿晕的二宝，只有咬咬牙答应了。另一个乞丐要比二宝父亲强壮得多，两人一交手，二宝父亲就明显处于下风，由于两个人都饿得比较虚弱，所以一时半会儿也分不出胜负，那个有钱人则在一旁兴高采烈地观看打斗，一边拍手，大喊"使劲、加油"。

随着二宝父亲的一声惨叫，另一个乞丐的牙齿深深地咬在了他的肩膀上。那个乞丐嘴里含着鲜血，显得更加疯狂，几乎丧失了理智和人性，竟然一口接一口地在二宝父亲的身上撕咬。二宝父亲难以抵抗，也只得以牙还牙，开始咬另一个乞丐。这时的场面，不像是两个人在打斗，更像是两只野兽在恶斗。

二宝父亲终究不如另一个乞丐强壮，渐渐地已无力还口了，最后那个咬红了眼的乞丐狠狠一口咬在了二宝父亲的脖子上。那个有钱人本想用手中的馒头做诱饵，让两个乞丐打架，从中取乐，没想到两个乞丐竟然打到这种地步，眼看就要出人命了，他急忙扔下手中的馒头，跑了。

那个打赢了的乞丐，一看见地上的馒头，就放开二宝父亲，抓起馒头狼吞虎咽地吃了起来。从震惊中清醒过来的二宝，不顾一切地扑上去撕打那个把父亲咬成重伤的乞丐，一个七八岁的孩子，哪是成年乞丐的对手，就在他遭到那个乞丐毒打时，正好被路过的马丰年撞见了。

马丰年听完二宝的叙述，气得七窍生烟，没想到世间竟有如此可恶之人，仅仅是为了找乐子，竟然不顾别人的死活。马丰年向二宝保证，自己一定会为他父亲报仇的，一定把那个有钱人送进大狱。

可事情远远没有马丰年想的那么简单，他通过调查走访，查到了那个有钱人，可当他把案情提交到知县那里时，知县根本不予理会。在那大灾之年，几乎每天街上都会有乞丐死去，官府根本不管，更何况那个有钱人和知县交情深厚，就凭马丰年一个小小捕快是没有任何办法的。

马丰年知道二宝父亲的冤是伸不了了，所以对二宝就像亲生儿子一样对待。可是几个月后，二宝竟不辞而别，马丰年四处寻找，也没找到，从此二宝便杳无音讯了。

向善之心

当马丰年冲着蒙面人喊出二宝的名字时，蒙面人怔了，眼神充满了疑惑，开始上下打量起面前的这个乞丐来。

马丰年有些激动地对蒙面人说："你是二宝！你真的是二宝吗？你不认得我了，我是你马叔叔，我是马丰年啊！"他边说边把头发往脑后捋捋，又用衣袖擦去了脸上的锅底灰。

蒙面人看清了马丰年的面貌，吃惊地说："你是马……叔叔！"说完他摘掉了脸上的黑布，"噌"一下跪倒在马丰年的面前。蒙面人正是当年的二宝。一旁的王枫被弄糊涂了，他没想到蒙面凶手竟向乞丐下跪，更没想到这个乞丐竟然是马丰年。

马丰年见跪在面前的这个清瘦却一脸英气的年轻人，和当年的二宝确有几分相像。通过交谈，他从二宝口中得知，当年二宝见马丰年不能为自己的父亲伸冤报仇，便决定离开马家，自己去寻报仇之路，经过千辛万苦，小二宝终于拜得一位武林高手为师，学到了一身好本领。他这次回来就是要用当年父亲被杀的方法，来给父亲报仇，他要杀了平阳县的所有有钱人，哪承想这次险些杀了当年的救命恩人。

马丰年望着二宝，长叹一声说道："二宝，你今天还能在这里给我下跪，叫我马叔叔，说明你没有忘记当年的马叔叔，说明你的心地还是善良的，可是，你被仇恨蒙蔽住了，杀了这么多无辜者，犯了罪。你想过没有，你杀的那些人也有亲人，也有像你一样的孩子，你应该能体会到他们失去亲人的心情。你为了报仇却给世间带来了更多的仇恨。我觉得你心里的苦痛并没有因为杀了那些人而减轻，我相信你父亲在天有灵，也不希望你变成现在这个样子。你要是还把我当你马叔叔的话，能不能听我一句劝，住手吧，不要一错再错了！"

二宝为了给父亲报仇，十多年来没少吃苦，终于练就一身好功夫。当他学成下山后便立即实施起自己的报仇计划，那就是用当年父亲被害的手法，杀光平阳县所有的有钱人。可当他真正面对那些凄惨场面时，心中却没有一丝报仇雪恨的快感，就好像父亲在他面前一次又一次的死去，使他本已被仇恨麻木了的心，又阵阵地疼痛了起来。

如今马丰年的一席话说到了二宝的心里，他也想尽快从仇恨的阴影中走出来。最后二宝答应马丰年不再滥杀无辜，但是害死他父亲的那个凶手他是不能放过的。他知道马丰年清楚那个人是谁，所以恳求马丰年说出那个人的名字。

马丰年想了想说道："如果是这样的话，你完全可以放下心里的仇恨了，当年害死你父亲的那个人早在几年前就已经病死了。"

飞来之祸

当马丰年搀扶着王枫走进平阳县时，人们都很惊讶，有人知道王枫失踪后，并没有听说有乞丐跟着失踪，反倒是捕头马丰年失踪了，难道是馒头杀手变了杀人的方法？就在人们纷纷猜测的时候，马丰年和王枫一起回到了平阳县。

马丰年回到家，还没有吃饱肚子，知县杜德贵就派人上门，让马丰年马上过去。

马丰年来到县衙见到杜德贵，就把他事先想好的做了禀告。马丰年说他化装成乞丐后，成功地被馒头杀手给抓走了，可是由于馒头杀手的功夫超群，自己没有出手的机会，直到今天才等到了机会，可他也只是打伤了对手，却让他逃跑了。不过以他判断，馒头杀手伤得不轻，就是不死，恐怕武功也已经全废了，所以他以后也不能再害人了。

杜德贵对马丰年没有抓到馒头杀手虽有不满，不过他看到毕竟没有再次发生命案，也就没再难为马丰年，只是让他继续缉拿馒头杀手。

其实现在杜德贵的心思根本就不在案子上，他只想尽快离开平阳县。这些年来，他为了高升一步，没少花银子上下打点。如今他终于得到了好消息，上面有个空缺，他的希望很大，但还要花一笔银子打点几个关键人物，可他最近手头紧，正在想办法弄银子呢。

另一边，王枫死里逃生，受到惊吓，病了一场，在床上躺了几天，好了之后，决定让儿子王大志和马丰年女儿马小翠的婚礼如期举行，婚礼办得热烈隆重，平阳县有头有脸的人物都应邀参加，其中包括知县杜德贵。参加者都兴高采烈，一来为两个新人祝福，二来祝贺王枫的大难不死。可唯独有一个人，喝着喜酒，心里却是另一番滋味，这个人就是平阳县首富——聚宝钱庄掌柜孙福的儿子孙亮。

这孙亮为什么心里不是滋味呢？原来他一直暗恋着马小翠。说起马小翠可是平阳县里数一数二的美人，早在两年前孙亮就在打小翠的主意。孙福为了儿子，曾多次托人到马丰年家求亲，但都被马丰年给拒绝了。马丰年深知孙亮是个好吃懒做的花花公子，更何况他早已与王家定下了亲事，即便是女儿还没有定亲，他也绝不会把女儿嫁给孙亮的。孙亮要不是因为马丰年是捕头，凭着他家在平阳县的势力，再加上他爹与知县杜德贵的交情，他早就连抢人的心都有了。

如今看着心爱的人和别人成亲，孙亮的心里怎能好受？此刻，他一杯接一杯地喝着闷酒，不知不觉就有些醉了。这时天已经黑了下来，新娘马小翠已经被送入了洞房，新郎王大志还在招待着客人。孙亮看着王大志那兴高采烈的模样，顿时妒火中烧，一个邪恶的念头在他的脑中闪现出来，他的脸上露出了一丝让人不易察觉的奸笑。

孙亮找了个借口离开了宴席。出来之后，他看看左右没人，就像贼一样躲躲闪闪直奔内宅。进入内室，见四下无人，就悄悄来到王大志和马小翠的新房外，他透过窗户往里一看，不由喜出望外，屋里只有马小翠一人顶着个红盖头坐在床边。

孙亮闪身进入新房，开始马小翠还以为是丈夫王大志进来了，可接着她觉得进来的人没跟她说话，却呼吸粗重地向自己靠了过来。就在马小翠准备掀开盖头看个究竟的时候，孙亮已经像头饿狼一样，不顾一切地扑了过来。身单力薄的马小翠，被扑倒在床上，她只得一边拼命反抗，一边大声呼救。

这时正巧马丰年出来解手，本来茅房离内宅的新房有一段距离，可马丰年是练武之人，耳朵要比常人灵敏许多。他隐约听到新房传来的呼救声，便急忙往内宅奔来。

马丰年冲进新房，只见孙亮正压在女儿的身上，女儿的衣服已被撕扯得凌乱不堪。见此情景，马丰年气得肝胆俱裂，急忙跨步上前，伸手抓住孙亮的脖领，用力一提，向后甩了出去。孙亮被重重地摔在了地上。

马丰年怒火未消，上去揪起孙亮，准备再好好教训教训他，哪知孙亮却像只死狗，一点也没有挣扎反抗，两只胳膊也垂了下去。马丰年仔细一看，这才发现，孙亮摔倒时，头正好磕到桌角上，脑袋开花，地上流了一摊血。马丰年不由大惊，急忙把孙亮放在地上，用手探探他的鼻孔，发现孙亮已经没了气息。

参加喜宴的宾客得到消息，纷纷赶到后院。跑在最前面的是孙亮的父亲孙福，他一进屋便抱住儿子的尸体号啕大哭。

过了好一会儿，孙福在众人的劝说下止住了哭声，他抬头看到知县杜德贵，急忙跪爬过去，哭道："大人，您可亲眼看到了小儿的惨死，他是被马丰年这匹夫活活给摔死的，请大老爷一定要为小民做主啊！"

马丰年也急忙跪倒在杜德贵面前说："大人，是孙亮侮辱小女在前，我救女心切，失手误伤了孙亮，还请大人明断。"

杜德贵手捋着胡须想了想说道："这里不是断案的地方，到底谁是谁非，明天到大堂上再说吧。孙福，你先找人把你儿子的尸首抬回去安放，本官定会还你个公道的。至于马丰年嘛，不管你是故意杀人，还是为了保护女儿而误杀了孙亮，你毕竟是杀了人，本官也只有先把你拘押起来，等明天过完堂，审清案情之后再做定夺。"

本是一场热热闹闹的婚礼，就这样不欢而散了。

天网恢恢

当天夜里,孙福就拿着一万两的银票来找杜德贵,目的是要置马丰年于死地,给儿子孙亮报仇。这对正在等钱用的杜德贵,无疑是睡觉送了枕头,当即心领神会。他才不管马丰年在他手下当了十几年苦差呢,这些交情,比起孙福的一万两银子,在杜德贵眼里实在是太微不足道了。

于是,第二天升堂,杜德贵耐着性子,听完了马丰年昨天是怎么失手打死孙亮的叙述后,就不由分说,对马丰年用了大刑,逼马丰年承认他是为了私愤故意杀死孙亮,甚至说是马丰年父女设下了陷阱,是马小翠把孙亮勾引到她房间去的。

对这种莫须有的诬陷,马丰年怎么会承认呢?任凭杜德贵把所有的酷刑都用上了,马丰年就是死活不承认,杜德贵也懒得再问了,就让人把马丰年关进大牢,并嘱咐牢头不准给马丰年吃喝,直到他招供为止。

连续两天,马丰年都被拖去过堂,身上已被打得体无完肤。马丰年知道杜德贵与孙福已串通好了,自己无论招与不招,都是难逃一死,可为了自己的名声,为了女儿的清白,决定宁为玉碎,不为瓦全!

连续几天的用刑,再加上没吃没喝,马丰年已经是奄奄一息了。

这天夜里,牢门外突然闪进来一个黑影,没容看守马丰年的狱卒起身,就被来人一掌击晕倒地。紧跟着他从狱卒身上找到钥匙,打开了牢门,背起马丰年飞身出了牢房。

马丰年趴在这个人的背上,已经感觉出来,救自己的不是别人,正是前阵子把平阳县搅得人心惶惶的馒头杀手二宝!马丰年使出全身力气,在二宝的肩头拍了两下,示意他把自己放下。

二宝找了个隐蔽的地方，把马丰年慢慢放了下来，说："马叔叔你再坚持一下，我这就带你去找郎中疗伤。这些天我上山探望师父，没想到却出了这种事。"

马丰年无力地摇了摇头，意思是说自己已经不行了，然后他让二宝把头靠近自己，拼尽最后力气说道："二宝，我希望你能记住我对你说过的话，放下仇恨，好好做人。"

二宝泪流满面地说道："马叔叔，你太善良了！你让我放下仇恨，可他们呢？他们要你死！我已经打听到了，当年害死我爹的人没死。马叔叔，他不但没死，而且还在害人呢！"

马丰年听了，长叹一声："唉，天网恢恢呀……"

第二天，平阳县就发生了一件惊天动地的大事，县太爷杜德贵和首富孙福先后莫名其妙地失踪了。又过了几天，有人在一间废弃的房屋里发现了他们的尸体，死相都非常惨：不知为什么，杜德贵一身乞丐的打扮，身上被咬得伤痕累累，是被咬断喉咙而死的；孙福呢，则被一剑刺穿喉咙，手里还拿着半个没吃完的馒头……

从那之后，平阳县再没发生过馒头血案。

(作者：刘克法)
(题图：杨宏富)

密谋·奇案
mimou qian

暗藏杀机,百般谋算,算不透的终究是人心……

天降三亿元

杏子是个平凡的小白领，她长相平平，年过三十还没有男朋友，日子过得十分乏味。这天，杏子走在下班路上，突然有人向她打招呼："对不起，这不是奈美子小姐吗？有泽奈美子小姐？"

显然，打招呼的认错人了，杏子抬头打量了一下眼前这个陌生男人：只见他不到四十岁，穿着雅致昂贵的西装，十分英俊干练。杏子本想回答："你认错人了。"但就在一瞬间，她突然觉得，这也许会是一次美妙的邂逅，小说里的爱情故事不都是这么开始的吗？于是杏子没有否认，反而露出了一个暧昧的微笑。男人脸上也露出了笑容："果然是奈美子小姐呀，这下好了，我可放心了！方便的话我请您吃晚饭吧，我们边吃边聊。"

杏子稍微推托了一下就答应了。男人把杏子带到附近的一家高级餐厅，这种地方是杏子不敢奢望进入的。吃饭时，男人做了自我介绍，说他是一名律师,名叫竹田久一郎,他对杏子说:"你当然还不认识我,因为我们是第一次见面,但我看见过你的照片,对你很了解。"

杏子一言不发,因为她不知道对方接下来要说什么。这时,竹田注视着杏子的脸,说:"我受人之托,到处在寻找你。"

杏子奇怪地问:"受人之托?"竹田点点头,说出了事情的原委:

托竹田办事的是一位老太太,名叫高桥富美,是一名孤老。几个月前她找到竹田,说自己没有亲人,想把财产留给一个帮助过自己的女人。那是一年前,老太太独自出门,突然心口疼起来,幸亏一个三十岁左右的女人路过那里,她把老太太背回家,还请来了医生。知道老太太是一个人生活,那女人就每天都来看望她。在女人的悉心照顾下,老太太痊愈了,因此她想立一份遗嘱,把财产都留给这个热心人。竹田就问老太太,那是个什么样的女人,老太太说,只知道她叫有泽奈美子,还有一张她的照片,请竹田一定要找到她。立完遗嘱后不久,老太太就因病去世了。说到这里,竹田高兴地对杏子说:"我手里只有一张照片和一个名字,真是找得好辛苦,没想到今天在街上遇到了你,太巧了!"

杏子听到这里,已经明白了,那个救了老太太的有泽奈美子一定和自己长得很像,竹田这才会认错。杏子忍不住问道:"你说遗产……"

竹田点点头说:"是的,高桥富美留下了丰厚的遗产,包括房屋、存款等,总共价值三亿元。"

三亿元!杏子吓了一跳,这可是一笔巨款啊,竹田似乎没有看出她的慌乱,微笑着问:"你准备好领取这笔遗产了吗?"

杏子想了想,回答说:"这事太突然了,我现在脑子里一片混乱。"

竹田点点头:"我理解,这不是小数目,是你的同情心帮你赢得了这笔财产啊!请你回去准备一下能证明身份的户籍证明,然后给我电话。"

两人在饭店门口分手，杏子迷迷糊糊地回了家。到家后，她忍不住做起亿万富翁的美梦来：只要把三亿元存进银行，每年的利息就是一笔巨款，是自己年薪的十倍！那时，自己就可以搬去豪华公寓，还可以环游世界……可是，要实现这美梦有一个最大的障碍，杏子毕竟不是真正的有泽奈美子，没有户籍证明，事情迟早会穿帮的。

第二天，杏子没有去上班，她在家里呆呆地想，如果能知道真正的有泽奈美子住在哪里就好了，可以想法搞到她的户籍证明……正在这时，电话响了，是竹田律师打来的。竹田在电话里说有事要约她见面。

两人在咖啡馆见了面，竹田拿出一张报纸，对杏子说："今天，有个女人拿着这报纸来我的事务所了。"杏子接过来一看，那是一星期前的报纸，报道的标题是"三亿元遗产没有着落"，报道上说：高桥富美因心脏病发去世，她是一位孤老，三亿元遗产现在还没有着落，引起了人们的关注云云。杏子看完后把报纸还给竹田，竹田说："今天有个女人拿着报纸来找我，说高桥富美活着时，自己在路边帮助过她，还照料过她……"杏子试探着问："既然她知道这些事，那……"

竹田摇摇头说："高桥富美在世时经常和邻居们讲起受到有泽奈美子帮助的事，所以即使有人知道这件事，也并不能说明什么。"

杏子又问："那个人也叫有泽奈美子？"

竹田点点头，说那个人还留下了名片，说着把名片递给杏子。杏子一看，上面果然印着"有泽奈美子"，还有住址信息。竹田说，对方自称是个设计师，还说明天就可以送户籍证明来。杏子的心一下子凉了，看来这个女人才是真正的有泽奈美子，三亿元果然只是一场梦。

不料竹田说道："我觉得那个女人是冒充的，同名同姓的人多得很，你不也叫有泽奈美子吗？再说，高桥富美还给我留了照片呢。"说着，竹田从口袋里掏出一张照片给杏子看。

杏子看了一眼照片，立刻惊呆了，照片上简直就是她本人啊！竹田笑着说："怎么样，就是你吧？今天来找我的女人和照片一点也不像，我和她一说照片的事，她就慌了，说什么自己刚做过整容，所以才不像，但又拿不出整容前的照片。相比之下，我相信你才是老人真正要找的人，最迟明天，希望你能把户籍证明带来。"

两人分手后，杏子细细琢磨起来：那张照片上的人和自己一模一样，只要弄到户籍证明，三亿元就是自己的了……她突然想起，有泽奈美子的那张名片上写了地址，不知不觉，杏子走到了那一带附近。很快，她就找到了有泽奈美子的公寓，那是一幢漂亮的楼房，杏子一想到有泽奈美子住在这么好的公寓里，却还想得到三亿元，就忍不住火冒三丈。

杏子拿出名片，确认了一下房间号，就坐电梯上了楼。她也不想把那个女人怎么样，只想看一眼对方的长相。但是她怎么按门铃也没人答应，房间里却亮着灯，也许对方正好出去了吧。杏子突然想到，自己何不悄悄溜进房间，对方也许已经从区办事处开了户籍证明，自己找到后偷走不就行了吗？

杏子轻轻推了推房门，发现门竟没有上锁，她蹑手蹑脚地走进房间。一进入客厅，她就看见桌子上放着一个信封，信封上印着"区办事处"的字样，啊，里面一定就是户籍证明。杏子正要伸手去拿，后脑突然被猛击一下，她昏倒在了地毯上。

杏子不记得自己昏倒了多长时间，后脑的疼痛使她醒了过来，她摇摇晃晃地站起来。这时她才发现，有一个满身是血的女人躺在自己身边，女人的身上、地毯上，甚至连杏子的手上都沾满了血！杏子浑身发抖，不知该怎么办，只想赶紧离开这里。她慌慌张张地走出房间，来到楼道里，正好有个女房客出门，看到杏子那沾满血的双手，发出了一声尖叫。

警察很快赶来了，到了警署后，杏子说她要找律师，只要找到竹田律师，就一切都清楚了。时间不久，竹田就来到了审讯室，杏子松了口气，不料竹田一看到她，就严厉地说："杏子小姐，你干了一件蠢事啊！"

杏子大吃一惊：竹田不是一直将自己当成有泽奈美子吗？他怎么会喊自己"杏子"？这时，竹田对着警察讲述起事情经过来：

"我是一年前与设计师有泽奈美子认识的，我们正准备结婚。最近，我在酒吧偶然认识了这位杏子小姐，我们一起吃过几顿饭，没想到她竟然误解了，逼我和她结婚。我说自己有女朋友了，杏子小姐却说我骗她，没办法，我只好把奈美子的地址告诉了她，没想到她竟然会跑去杀了奈美子！是我不好，我没想到急着结婚的老姑娘会这么偏激……"

杏子听完脸色苍白，惊呆了，她拼命地向刑警诉说着竹田怎样在街上喊住自己，还有高桥富美、三亿元遗产、照片、户籍证明……刑警听后，问竹田有没有这样的事，竹田却一口否认了。他说，自己倒是听说过高桥富美，那是他拒绝了杏子的求婚后，杏子拿来一张报纸，上面写着三亿元没有着落的报道，她说自己会继承那笔遗产。竹田当时听了就不相信，去调查后果然发现，高桥富美的遗产最后归国家所有。

警察听完点点头，冷冷地对杏子说："你还是说实话吧，你胡编出什么户籍证明的事，但在有泽奈美子的房间里，信封里装的不是户籍证明而是结婚申请表。你去见她，是想叫她把竹田让给你吧？但你遭到了拒绝，当你看到结婚申请表时就勃然大怒，用厨房里的菜刀把有泽奈美子杀了。"杏子就这样被关进了看守所，到了这个时候，她才知道自己完全中了竹田的圈套。

整件事的起因根本不是什么遗产，而是竹田被有泽奈美子逼着结婚，但他有其他更好的结婚对象，正拿不定主意时，他看到了那三亿元无主的报道，由此制定了一个计划，好让自己杀了有泽奈美子也不用承担责任。竹田的目标是那种生活无聊、贪恋钱财的老姑娘，不出所料，杏子很轻易地就上当了。至于那张照片，本来就是杏子的照片，是竹田趁她不注意时用远焦镜头拍摄的。以三亿元为诱饵，诱惑杏子去拜访有泽奈美子，也是竹田精心策划的。他将奈美子打昏后，把房门打开，等候着杏子这个猎物走进房间……

杏子绝望了，她在看守所里呆了三天，没有人来提审她。第四天中午，杏子才被提了出去。接她的刑警不知为何，对她微微笑着。刑警说："我们已经查明你是清白的了。"

杏子已经有些麻木了，她没有感到轻松，只问了一句："你们查到了什么？"刑警说："竹田犯了一个错误。你知道是什么错误吗？"杏子摇摇头，刑警说："其实，我们很重视你的供词，于是到你说的邂逅地点去调查了，那是个繁华地段。最后我们找到两名女性，她们都证明竹田曾在路上和她们搭讪，问'这不是有泽奈美子小姐吗'，这两位都说他认错人了。你是竹田找的第三个人，所以我们才知道，竹田确实给你下了圈套。"

杏子点了点头，突然，她想起一件事，就问刑警："如果，我是竹田找的第一个人，那会怎么样？"

刑警想了想，说："这个嘛，恐怕你会因杀人罪被起诉，可能被判有罪。"

(改编：顾 诗)
(题图：佐 夫)

能量炸弹

这天，推销商亨德开车一路疾驰来到慕尼黑市，慕尼黑是他的故乡，但也是他的伤心地。十年前，他满怀仇恨离开此地，今天，他回来只有一个目的：复仇，然后再度消失。

在一家甜食店门口，亨德把车停了下来，下了车，走进店里。这个甜食店，品种多得晃眼，可亨德一眼就看中那只刚烤好的巧克力面包，他对服务员说："请把那只巧克力面包拿给我，对，就是中间夹鲜奶油的那种。"

亨德知道，巧克力面包一直是他叔叔的最爱，每天不吃几个就睡不着觉。亨德是个孤儿，从小就寄养在叔叔家，对此了然于胸。而今天是叔叔的生日，因此，没有什么礼物比送面包更好的了。

可买好面包，亨德却犯了愁，自己不便前往，那么由谁给叔叔送面包呢？突然，他灵光一现，想到了一个人：布罗施医生。

这个布罗施医生，是叔叔的家庭医生，就住在本市最华丽的别墅小区。想到此，亨德一阵激动，忙驱车赶了过去。来到医生家门口，亨德敲了门，等了好长时间，布罗施医生才打开门，一见是亨德，他不由感到意外："怎么是你……"

"没想到吧，哦，今天是我叔叔的生日，我能不来祝贺吗？"亨德说着，绕过医生进了屋。

"是你叔叔叫你来的吗？"

"哈哈，叔叔是不会让我靠近他半步的。而且，还要一打保镖保护他。"突然，亨德变戏法似的从口袋里掏出手枪，"啪"的一声放到桌上。

"亲爱的布罗施医生，我们俩今天就不去参加生日宴会了。不过，我会让晚宴大放光彩的。现在你听我的命令！"亨德说着，递给医生一张贺卡和一支圆珠笔，道，"写下来：祝您生日快乐！我今晚有急事，不能前去祝贺。小小礼物，不成敬意，望您享用。最后，签上你的大名。"

布罗施医生却不听从，他坐在沙发上，一动不动的，脸白得像刚刚粉刷的墙壁一样。

"写还是不写？"亨德一拍桌子怒道。

布罗施医生吓得浑身一哆嗦，嘴里应承道："写，我写！"说着拿起笔，写了下来。等他写好字，亨德打开面包盒，又从一个小包里取出一支注满了液体的注射器，往面包里注射。他幸灾乐祸地说："可惜呀，毒品的名称我给忘了。不过没关系，两小时后，它的效果就出来了。"

待一切准备工作就绪后，亨德把面包连同盒子放在门口，接着，打电话给快递公司："我这里有个急件，请马上按照地址送过去。因为我赶着要出门，包裹就放在家门口了，麻烦您把账单投进信箱里。"

布罗施医生急得直摇手："亨德，您会把所有的亲戚都杀死的！"

"为什么不呢？"亨德反驳道，"他们那时把我像条狗一样呼来唤去，我唯一的一次爱情也泡汤了。最可气的是，我只不过偷了公司一点点钱，叔叔就把我送进了监狱。我需要钱，他们不帮我。现在我终于有钱了，到了算总账的时候了！"说罢，亨德径自走到酒柜前取出一瓶白兰地，自斟自饮起来。

过了一会儿，亨德抬头看了看表，对布罗施医生说："现在，他们开始享用面包了。好了，我们也不等了，我们开车去兜兜风吧。"亨德嘴上这样说着，心里却在考虑，该如何处置医生呢。

布罗施医生不敢违命，只好老老实实朝停在门口的汽车走去。就在这时，他们身后传来一阵急匆匆的脚步声，亨德转过身，不禁"啊"地叫了一声，他发现叔叔竟然站在面前。

叔叔笑眯眯地看着他："你好啊，亨德，好久不见了！"

"你没死？"

"活得好好的，为什么要死？"

"亨德往面包里投毒了！"布罗施医生声嘶力竭地叫了起来，"你们谁都不要去碰它！"

叔叔依旧心平气和，说："我敢打赌，美味可口的面包一定是亨德买的，而不是布罗施医生。"

亨德呆了，气急败坏地说："你怎么知道的？"

"怎么知道的？亨德，时过境迁哪！我是喜欢吃巧克力面包，可你不知道，它给我带来了灾难，我因此得了严重的糖尿病。布罗施医生叮嘱过我，今后绝对不能碰它，巧克力面包就像炸弹，会随时把我这条老命给送掉的。所以，接到信和面包后，我马上就产生了怀疑。这不，我就赶来了。当然啦，我还带来一帮保镖。"

(改编：夏　雨)
(题图：佐　夫)

遭遇高手

有个小偷名叫高大，可长得一点也不高大，又瘦又矮，身高只有一米五。他就利用这个"优势"，和两个同伙专门在长途客车上盗窃。

这天上午，高大和同伙又出发了。高大事先钻进一个旅行箱里，两个同伙拖着箱子，来到汽车站里的一辆红色大客车前排队候车。一个留着络腮胡的司机站在车门前，让他们把箱子放进行李仓里，然后就发车了。

这时，藏在旅行箱里的高大，收到了车上同伙的短信提醒，他拉开旅行箱拉链，嘴里叼着微型手电筒，慢慢爬出箱子，开始"工作"起来。

这趟车里,有钱人还真不少,高大刚翻了几个箱包,就翻出了几万块钱,怀里抱了一大摞。高大乐坏了,他随手又打开一个旅行箱,顿时吓得直冒冷汗,只见从里面钻出一个人来,脸上有块刀疤,两眼狠狠地瞪着他,手里攥着一把刀子。高大哆嗦着问:"你、你、你是谁?"

那人用手电筒照了照高大,说:"刚才我听到外面有声音,一直没敢出来,没想到在这里遇到了同行,幸会幸会。"

高大愣了一下,在一辆车里遇上同行,这还是头一回,他本能地护着手里的钱。那个贼从旅行箱里爬了出来,收起刀子,自我介绍说:"别慌别慌,我们也算有缘,不如先交个朋友,我外号叫'刀疤脸',你叫什么?"

高大迷迷糊糊地应道:"我叫高大。""刀疤脸"嘿嘿一笑,说:"就你那样还叫高大?你要是高大,我他妈就叫伟大了!别人还不是看中了我们特殊的身材,才让干这吃亏活的,我俩啊,是受罪的命,这又窄又闷的鬼地方哪是人呆的。"

"刀疤脸"的几句话,真是说到高大心坎儿里去了,他绷紧的神经立刻松弛下来。这时,"刀疤脸"看到高大怀里的钱,不由得两眼放光,忍不住伸手摸了摸,高大下意识地往后退了一步。"刀疤脸"见状,讥笑着说:"你呀,真是个大傻瓜,这么多钱,现在对你我来说,简直就他妈一堆废纸,没有车上那些兄弟配合,看着钱也没办法。"

高大想了想,叹了口气说:"是啊,这些钱是不少,可要是跟车上我那两个兄弟一分,就没几张了。"

"刀疤脸"接口纠正说:"错,车上是四个人,还有我两个兄弟。"

高大点点头,沮丧地说:"唉、要是只有我俩来分这钱,那该多好。"

"刀疤脸"拍拍高大的肩膀,说:"算你心眼活。其实,看到你的那一刻起,我就在琢磨这事儿。我们来想想办法,让这钱只归我俩。"

高大连连摇头,说:"不好办啊,下车时没人接应,我们就出不了行李仓,没戏。"

"刀疤脸"抱着脑袋想了一阵,突然诡异地笑起来:"我想到一个主意,只要你听我的,这钱就能归我俩。"

高大看"刀疤脸"这么机灵,点头同意跟他干。于是,"刀疤脸"跟高大详细交代了对付同伙的办法,还约定了之后见面的地点,然后两个人就开始行动了。"刀疤脸"先把偷到的钱放在行李仓的隐秘处,然后让高大钻进他的箱子,他自己则钻进高大的箱子。"刀疤脸"是想来个两人大替换,等下车后,让各自的同伙摸不着头脑,而且搜身时也搜不到钱。

不久,客车到达了终点站,躲在箱子里的高大被两个人带走了,过了一会儿,有人打开箱子,大叫起来:"怎么不是'刀疤脸'?你是谁?"

高大从箱子里爬出来,惊讶地看了看他们,着急地说:"糟糕,我跟你们的人钻错箱子了!"

两个人连忙仔细察看箱子,厉声喝斥:"说,钱在哪里?"

高大装出一副委屈的样子,说:"你们的人厉害,手里还拿着刀子,把钱都抢了过去,一点也没给我留下,我还担心不好向我的哥们交代呢。"

两个人一听,火冒三丈地踢了高大几脚,喝道:"快滚!"

高大连忙撒腿就跑。到了事先和"刀疤脸"约好的地方,"刀疤脸"已经以同样的方式摆脱高大的同伙,早一步等在那儿了。他拉着高大跑到车站里那辆红色大客车前,只见车门口正站着那个络腮胡司机。

"刀疤脸"给络腮胡司机递了支烟,笑着问:"师傅,你的车什么时候发车啊?"络腮胡司机看了看两人,说:"半小时后。"

"刀疤脸"说:"是这样,我们进了点货,东西很重,想赶你这趟车,可是怕买车票耽误时间,等会我们就在路边等你的车,上车再买票,行吗?"

络腮胡司机点了点头。"刀疤脸"和高大连忙出站,买了一个大旅行箱,让高大钻进箱子。然后,"刀疤脸"拖着箱子,在大客车必经的路边等着。

过了一会儿,大客车来了,"刀疤脸"挥挥手,车子停了下来。络腮胡司机看了一下,说:"这里不让停车,你箱子不要放行李仓里了,搬到车上来吧。"

"刀疤脸"一怔,箱子不放在行李仓里,高大就取不出藏的钱啊,他连忙恳求道:"师傅,我这箱子重啊,还是让我放在行李仓吧。"

络腮胡司机瞪着眼睛,说:"不行,开行李仓耽误时间,你快点把箱子搬上来。"

"刀疤脸"还是磨磨蹭蹭地不上车,络腮胡司机一看,火也上来了:"你到底走不走啊?你不走我可要走了。"说着准备发动车子。

"刀疤脸"这才灰溜溜地把箱子搬上车,心里盘算着下一步计划。客车到了终点站,"刀疤脸"连忙带着箱子找到一个厕所,把高大放出来,并把刚才发生的事说了一遍。高大叹了口气,说:"没想到,想弄回那笔钱这么难。"

"刀疤脸"眼珠子转了转,说:"再难也要弄回来,我们明天一早再来。"

第二天一早,两人又来到车站,找到络腮胡司机,亲热地说:"师傅啊,你这人服务态度好,车开得好,我们都离不开你了,今天我们还要去进货,你什么时候发车?"

络腮胡司机看了看他们,笑着说:"谢谢你俩的关照,记着八点钟准时发车。"

"刀疤脸"和高大赶忙买好票,然后找到一个厕所,高大正准备钻进箱子时,忽然推门进来四个人,抬头一看,两个人顿时吓得直哆嗦。来人正是他们俩的同伙。原来,昨天他们被骗后很郁闷,两伙人不约而同地来到车站旁的一个小酒馆,喝酒骂人解闷,最后骂着骂着竟扯到了一起,终于明白了真相。两伙人决定联合起来找高大和"刀疤脸"算账,结果正好把两人堵在厕所里。

四个同伙二话没说,上前就打,"刀疤脸"和高大本来就瘦小,哪经得住打,不一会儿就招了。同伙听了,喜形于色,命令道:"还按你们的计划去做,马上去把藏的钱搞回来,如果再敢骗老子,非剥了你们的皮不可。"

事已至此,"刀疤脸"和高大哪还敢说不。很快,他们把高大塞进箱子里,放进了行李仓,然后押着"刀疤脸"上了车。络腮胡司机扫了一眼乘客,吸了根烟打了个电话后,就跳上车,发动了车子。

然而,大客车刚开到高速公路入口处,就被几个警察拦下了。这时,络腮胡司机跳下车,领着几个警察打开行李仓,指着其中一个旅行箱,说:"打开它,里面有人。"

警察打开箱子,高大从里面钻了出来,一看到周围的警察,顿时吓傻了。络腮胡司机又跳上车,指着"刀疤脸"和四个同伙说:"这几个是同伙。"

警察立即掏出手铐,把他们都铐了起来,狡猾的"刀疤脸"直到此时还在大呼冤枉:"我不是坏人,你们抓错了。"

络腮胡司机哼了一声,得意地说:"一点都没错。昨天,有旅客反映放在行李仓箱子里的钱不见了,幸好我在行李仓里找到了那些钱。当时我就在犯嘀咕,小偷既然偷了钱,为什么不带走?恰好这时,这两个矮小的家伙,特别是这个脸上带刀疤的又来问车次,结果上车时,只有'刀疤脸'一个人,还带着个大箱子。我当时就怀疑,你们可能是来取钱的贼,所以才故意不让你把箱子放在行李仓里,就想憋憋你们。看你一脸着急的样子,我心里更有底了。果然,今天你们又来了,而且一下子来了这么多人,'刀疤脸'的脸上还有被打的痕迹……"

"刀疤脸"一听,耷拉着脑袋,自言自语道:"没想到,机关算尽,最后还是栽倒在高手手里。"

（作者：张运国）
（题图：谭海彦）

死亡打捞

汤姆和佛德曼是好朋友,也是两个潜水高手。这天他们正在一间酒吧喝酒,突然从外面闯进来一个四十多岁的男人。这男人看到了汤姆和佛德曼,便大步走上前,突然双膝一软,在两人面前跪了下去。

佛德曼认出了这个男人,是一个潜水爱好者的父亲,赶紧手忙脚乱地将他扶起来,问道:"克莱尔先生,您怎么了?别忘了您可是有身份的人啊。"克莱尔脸上满是泪水,哽咽着说:"佛德曼,求你救救我的儿子。"

"小迈克?他怎么了?"

克莱尔绝望地说:"小迈克……我可怜的小迈克……他死了,呜呜……"

一旁的汤姆忍不住给佛德曼使了个眼色,意思是说:这家伙是不是个疯子？人都死了还怎么救啊？佛德曼却没理他，只是急切地问："死了？小迈克怎么会死？"

克莱尔抹着眼泪告诉他说，一个星期前，小迈克独自去了南非，随后不久便传来死讯，原来，小迈克在潜洞过程中意外丧生了。

佛德曼也流下泪来，小迈克是个年轻的小伙子，热情善良，冒险精神十足，喜欢各种极限运动，佛德曼一直非常喜欢他。他问克莱尔自己能帮着做些什么。克莱尔说："他是我唯一的儿子，如今他死了，我要把他葬在家族的墓地里，可是他的遗体还在那个该死的洞穴里，你是他的老师，是他生前最信任的人，你一定会帮我这个忙，对吗？"

克莱尔一脸期待地望着佛德曼，没等佛德曼回答，汤姆大声问道："南非的哪一个洞穴？不会是拉索里洞穴吧？"

克莱尔眼神黯淡下来，轻轻地点了点头。

汤姆和佛德曼互相看了一眼，都能看出对方眼中的惊惧。拉索里洞穴是潜水爱好者的圣地，那里的洞穴地形十分复杂，曾经使许多有名的潜水高手铩羽而归，但也因此吸引了许多寻求刺激、挑战极限的年轻人。汤姆和佛德曼曾经去过那里，虽然成功探底，但现在想起来依然很后怕。如今克莱尔要求打捞儿子的尸体，这跟正常的潜水可不大一样，危险系数无疑会增加许多。克莱尔紧紧抓住佛德曼的手，恳求说："我愿意提供一切装备，你可以多找几个人帮忙，只要能把我儿子弄出来，我愿意付……一千万，那是我全部的财产。"

佛德曼缓缓地说："我不要你的钱，迈克是我的好朋友，他死了，我愿意为他和他的父亲做任何事情。"

第二天，汤姆和佛德曼就开始着手组织潜水者。几天之后，他们跟另外几个同伴来到拉索里洞穴，由克莱尔亲自驾船，将他们送到迈克失踪的地方。那洞穴里面浮满了绿色的海藻，水深不见底，闪动着幽深晦暗的光。克莱尔把装备分发给每一个人，逐一跟他们握手，祝福他们，并希望他们能把小迈克的遗体顺利打捞上来。

佛德曼第一个进入洞穴，汤姆和其他人紧随其后。按照计划，佛德曼要潜到洞穴最深处，找到小迈克的尸体并将他放入裹尸袋，然后把它交给等候在上面的汤姆，汤姆再交给更上面的人，用接力的方式把尸体弄上来。

佛德曼有过一次拉索里洞穴的潜水经验，所以很快地潜入到水底，他在缝隙中游动着，寻找自己的目标。洞穴周围都是有棱角的礁石，尽管佛德曼不停躲避，但手上还是被划了几条口子，不停地渗血。但他已经顾不得那么多了，终于，他看到了小迈克的尸体卡在洞穴底部，手摊开着，随着水流慢慢晃动。佛德曼游过去，按计划将小迈克装进裹尸袋，然后开始上浮，可就在这时，只听得一声沉闷的声响，佛德曼大吃一惊：他身后的氧气瓶输气管阀门在水底的高压下，竟然爆裂了。

在水底世界，没有氧气只有死路一条。佛德曼扯过输气管，拼命用手掐住它，想阻止氧气的流失，可是这只是白费心机，气泡不断地从水底升上去，氧气已经快跑光了。佛德曼绝望了，他握紧管子，塞到嘴边，最后狠狠地吸了一口，然后抱着裹尸袋拼命向上浮去。

却说上面的汤姆，一直不见佛德曼上来，眼看约定的时间一分一秒地接近了，他意识到佛德曼出了问题。他什么都顾不得了，冒险向水下潜去，可是到了水底，任凭他怎么寻找，什么都没有找到。这时，汤姆开始出现了"深海眩晕"症状，肌肉也出现了痛感，再不上去，恐怕就再没机会离开这里了。他强忍着巨大的悲痛浮上了水面。跑到船上，汤姆扔掉头盔，放声大哭起来。

克莱尔惊呆了，他小心翼翼地问："佛德曼呢？"一名潜水员黯然说："他应该是死了。我们的计划失败了。"

"他死了，但你看……"最后从水底浮起的潜水员大声说，"他们已经浮上来了，只是卡在水面下的石缝里。"原来，佛德曼和小迈克的尸体，避过了水底的障碍，竟然一直浮了出来，只是刚才大家都没有发现。

汤姆和同伴跳下去，将佛德曼和小迈克弄了上来。克莱尔一下子扑到小迈克身上，放声大哭。汤姆和其他潜水员们，则默默将佛德曼的装备解下来，汤姆拿着迸断的输气管阀门，突然大喊起来："克莱尔，你不是说过，你会供应最好的装备给我们吗？难道这就是最好的装备？是你害死了佛德曼啊。"

克莱尔哭着说："这确实是最好的装备，是我花大价钱买回来的，这是意外。佛德曼虽然死了，但是我仍然会兑现我的诺言，凑齐给你们的一千万的酬劳……"

人已经死了，责怪克莱尔又有什么用？很快，佛德曼被安葬了，各地的潜水爱好者们纷纷赶来参加佛德曼的葬礼。可奇怪的是，克莱尔直到葬礼结束，都没有露面。汤姆又悲伤又生气，可是他还有一件重要的事情要做，他要找到生产那副致命装备的公司，去讨一个说法，否则，佛德曼死也不会安心。可出乎汤姆意料的是，公司的接待员看过装备之后，却一口否认佛德曼所用的设备是他们生产的。

汤姆大吃一惊，他一直认为是因为产品不合格造成了这场悲剧，根本就没想到另有原因。他仔细检查了装备，这才发现佛德曼的装备和自己所用的有细微的差别。这时，公司接待员提醒汤姆，另一家公司的产品跟他们公司非常类似，唯一不同的就是输气管阀门，自己公司生产的可以经受住一千三百米深水的压力，而另一家公司的产品，最多只能承受八百米的压力。而拉索里洞穴的水深是八百七十米。

汤姆简直气炸了肺,他终于知道佛德曼的死是一个阴谋。汤姆想起,在现场,是克莱尔亲手把装备发给每一个人,他一定是故意把劣质装备发给了佛德曼。

汤姆找到了克莱尔,愤怒地冲着他大喊:"为什么?佛德曼为了打捞你儿子的尸体才冒险的,你为什么要害死他?"克莱尔冷笑着说:"你在胡说什么?佛德曼死于意外,是你亲眼看见的。"

"我已经找到了证据。"汤姆把装备摔到克莱尔面前,"这是你分给他的装备。"

克莱尔不屑地说:"我知道,你想勒索我,这根本就不是当初佛德曼用过的装备,你早就把装备掉包了。说这是我安排的,你有什么证据?"

汤姆轻蔑地说:"克莱尔,你太自作聪明了。虽然佛德曼死了,但他已经给我们留下了证据。"

克莱尔愣住了,他不停地摇着头:"不可能,不可能,这个计划天衣无缝。你是找不到证据的。"

汤姆指着那套装备说:"佛德曼被打捞上来时,手依然紧紧握着氧气管。而当我掰开他的手时,发现他的手被下面的礁石划出了许多伤口,我想一定有血迹留在氧气管或者潜水衣上,至于是不是佛德曼的,让警方验证一下管子上残留的 DNA 就知道了。你就等着坐牢吧。"

"哈哈哈……"克莱尔突然放声大笑起来,"坐牢?我的儿子死了,我活着还有什么意义?我已经给小迈克报了仇,我早就什么都不在乎了。"

克莱尔像个疯子一样,笑够了又痛哭起来,断断续续地说:"你猜得不错,佛德曼是我害死的。我的小迈克本来是一个好孩子,可自从他认识了佛德曼,就疯狂地迷恋上了潜水,我劝过他很多次,可他就是不听，结果把命送到了这里。如果不是佛德曼教会了他潜水，他又怎么会死？是佛德曼杀死了他，我当然要为我的儿子复仇。"

汤姆指着克莱尔，痛心疾首地说："你难道不知道，佛德曼是为了对朋友的义务，是想成全一个父亲的爱子之情才来的？你怎么下得了手啊？"

克莱尔歇斯底里地喊道："你只知道一个父亲对儿子的爱，但你知道一个父亲对害子仇人的恨吗？为了给我儿子报仇，我宁可毁掉整个世界，何况一个区区的佛德曼……"

汤姆逃出了克莱尔的家，他觉得面对的是一个疯子。他能做的，是把所有证据提供给警察，他相信，警察一定会还佛德曼一个公道的。

(作者：老刀把子)

(题图：佐　夫)

女作家

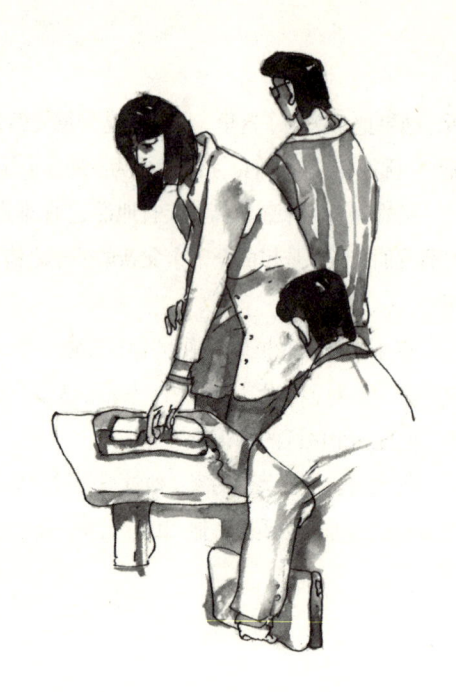

登门拜访

渡边是一家杂志社的编辑,最近他碰到一件棘手的事情,他们杂志社最重要的签约作家玲子怀孕了,连载的作品要延后发表,这可让渡边大伤脑筋。连载正进行得如火如荼,这时却忽然宣布:"由于作者妊娠,本作暂停连载。"这像话吗?而且难题不止于此,怀孕之后,玲子可能会终止创作,这对杂志社是个巨大的损失。

渡边决定主动出击,这天,他来到玲子家,为的就是趁送礼金之便,问清楚她连载的意向。

玲子精神很好,热情招待了他,两人寒暄了几句后,渡边从包里取出一个礼金袋,递给玲子,玲子欣然笑纳,连一句推辞的话也没有。

这时,玲子丈夫端着两杯咖啡,走了进来。渡边随口问起玲子丈夫的情况,玲子说,她丈夫是个电脑工程师,因为工作太辛苦,再加上她又怀孕了,前几天丈夫就辞职了,当家庭主夫了。渡边听了,有些暗喜:看来玲子本人并没有辍笔的打算,说不定连载还有回旋的余地。于是渡边乘机直入主题,他坐在沙发上挺直腰杆,说:"老师,连载的小说……"

玲子连忙低头道歉,却看不出丝毫诚意:"噢,那个啊,真是对不起了。连载期间忽然发生这种情况,真是过意不去,以后我一定有所补偿。"

渡边为难地说:"可是,您这次连载的作品很受好评,这么受欢迎的作品,就此中断连载实在太可惜了。这样吧,我们愿意减少每回的原稿页数,可否请您继续连载?"

"做不到!"

玲子斩钉截铁的回答,把渡边惹急了:"为什么?"

玲子淡淡地说:"因为医生交代过了,孕期不能过度劳累,更不能从事会累积压力的工作。"

渡边接着问:"那读者怎么办呢?"玲子立马说:"我想读者也会理解的。要是这样勉为其难地糊弄交差,反而是对读者的不尊重。"

渡边心里暗叫不妙,他调整作战方向,改为动之以情:"这件事真的毫无商榷余地吗?我们也很为难,尤其是,总编大人……"

玲子直接挑明总编的名字:"你是说尾高总编他会啰嗦?那我打个电话给他。"还没等渡边制止,玲子已经拿起客厅的电话,噼里啪啦熟练地拨着号码,然后对着话筒说:"尾高先生吗?好久不见了,渡边编辑现在正在我这里……"玲子把刚才对渡边说的话又说了一遍,不一会儿,她静下来听总编答复。渡边估计她肯定会再次发火,赶紧作好心理准备,没想到她听着听着却笑逐颜开:"这样啊,我就知道您一定会理解我的。"

这演的是哪一出?渡边简直看傻了眼。只见玲子心平气和地挂断电话,说:"你们总编说了,作品可以休载一段时间,这下总没问题了吧?"说完,她摆出一副胜利的样子,看着渡边。

渡边仓皇答了句"那就行了"后,从玲子家落荒而逃。刚回到出版社,他就被总编劈头盖脸地怒骂一番。

避而不见

就这样,玲子在孕期停止了一切写作。十个月后,渡边收到玲子寄来的明信片,说她平安生下一个男孩,从下个月开始重开连载。到了下个月,没等渡边催促,玲子就主动把稿件寄来了。渡边又惊又喜:因为玲子怀孕之前,不管编辑部催多少遍,她总是磨磨蹭蹭地一味拖稿,和现在相比,简直是天壤之别!渡边精神抖擞地致电感谢,他对玲子说,想亲自登门感谢,不料被玲子拒绝了。

几天后,渡边以送校样为由,登门拜访玲子家。他在玲子家门口按响门铃,出来开门的是玲子丈夫,他看起来比以前清瘦了许多,玲子丈夫看到渡边临时来访,显得有些惊慌失措。渡边把校样递给他,说:"我是给玲子老师送校样的,老师近来可好?感觉相当忙碌啊!"

玲子丈夫忙回答:"是啊,真不好意思,她好像在赶什么稿子,不方便出来见你。"他说完,毕恭毕敬地鞠躬道歉。渡边见玲子在忙,只好说:"没有关系,我只是来送一下校样,老师在忙,那我下次来拜访。"

出门后,渡边没有原路返回,而是绕到房子背面。渡边知道玲子的工作室就在那里,他想看看玲子究竟在干什么。于是他伸手攀住院墙,踮脚朝里张望。庭院中有一扇很大的窗子,窗子斜下方放着一台大得离谱的空调室外机。透过窗户,可以看见玲子的身影,她并没有多大的变化,她正坐在电脑前,默默敲打着键盘,不时又活动活动脖子,好像没什么异样。

之后,出版界开始传出流言,说玲子得了产后忧郁症,变得不愿和人打交道。

又过了一年,玲子的连载完结了,那天风和日丽,渡边来到玲子家,给她送礼金。按响玲子家的门铃后,却没人回应。渡边觉得很纳闷,因为他来之前,已经联系过玲子,真想不通怎么会没人在家。

渡边绕到房子后面,像上次那样趴着院墙往工作室里窥探。室内的情形清晰可见,玲子正在埋头写作,和上次看到的情景一模一样,不同的是,她换上了春装毛衣。

渡边不禁疑惑:既然玲子在家,有人按门铃,她好歹答应一声呀,莫非真得忧郁症了? 他正转着念头,突然注意到那台空调室外机。天气这么温暖,怎么还需要空调呢?

此时,玲子似乎听到什么动静,回过头,微微一笑,蹲下身又再站起,原来她是把孩子抱了起来,看来她儿子已经在蹒跚学步了。

渡边转回正门前,正要再按一次门铃,一辆黑色轿车驶入停车场,玲子的丈夫走了出来,他抱歉地说道:"对不起,因为交通事故路上很拥堵,让你久等了吧?"渡边赶忙说道:"没有,我也是刚到。"玲子丈夫听后似乎松了口气,打开另一侧车门,从里面抱出一个穿白衣服的小孩。

渡边疑惑地问:"这孩子是?"

玲子丈夫说："我儿子啊!小家伙长得飞快,对吧?"

渡边傻眼了:怎么回事?这要是他们的儿子,那刚才玲子抱的又是谁家小孩?没听说她生了双胞胎啊!可是渡边没有直言,而是将礼金交给玲子丈夫后,就离开了。

隐瞒真相

走出玲子家后,渡边去了玲子分娩的医院。他猜测玲子可能生的是双胞胎,却因故隐瞒了这个事实。不知为什么,渡边刚提到玲子的名字,医生就露出戒备的神情:"你问这个干什么,难道你对我院的服务有所怀疑?你是故意来找茬的吧?"医生的态度很强硬,渡边问不出结果,只得离开医院,随即他又回到玲子家,向邻居打听玲子和这家医院的情况,邻居说:"那医院虽然外观建筑现代气派,其实医生医术很烂,听说已经死了好几个病人……"

渡边有种非常不祥的预感,可是转而一想:玲子她平安无事啊,她不是在很有活力地工作吗?渡边百思不解,于是向朋友借来手机,来到玲子家。这次渡边没按门铃,直接绕到屋后,从院墙外望去,玲子一如往常地在写作。确认之后,渡边用手机拨打到玲子家,接电话的还是她丈夫。

渡边对着话筒说:"我是渡边编辑,请问玲子老师在吗?"

"噢,在的在的,请稍等。"

渡边一边等,一边盯着室内玲子的动静。玲子丈夫没来叫她接电话,可不久,话筒里却传出玲子的声音:"让你久等了,我是玲子。"渡边忙回答:"您好,老师,礼金收到了吗?"玲子不紧不慢地说:"嗯,收到了,谢谢。

最近很忙,恐怕没时间给你们杂志写稿了。"渡边一边打电话,一边看着室内,玲子仍像刚才一样埋头写作,那和他说话的又是谁?

渡边敷衍着结束通话,离开了玲子家。渡边来到玲子丈夫所在的前公司,打听情况,得出的回应,令渡边震惊不已。

渡边急忙回编辑部,找到了总编,把事情的经过说了一遍。他说:"玲子应该已死在庸医手里。她丈夫和医院串通一气,隐瞒了玲子的死讯。"总编狐疑地看着他,听渡边解释道,"她丈夫之所以这么做,一定是为了保住现在的生活。如果玲子的死讯传开,他们家的收入就没了,所以他要由自己代写小说,以玲子的名义发表。"

总编想了想,又问:"可是要伪装出妻子还在人世的假象,很困难啊!"

"其实不难。"渡边解释道,"玲子丈夫是电脑工程师,他可以使用机器改变自己的声波频率,让声音变成玲子的,所以,每次我打电话过去,总要隔上几秒才听到玲子的回答,而看到工作室里玲子写作的情景,无疑是利用了他的发明成果——大型显示器。玲子的身影想必是利用电脑制作的图像,他连小孩都不忘编辑进去,这人心思太缜密了。这样空调的谜团也解开了,大型显示器和电脑持续运转后,发热量大得惊人,为了降温散热,就必须一直开着冷气。"

总编紧接着又抛出一个问题:"可是,小说的风格并没有变化啊,你不觉得奇怪吗?而且其他杂志的编辑,也都没有发现。"

总编这么一说,让渡边心中一动,是呀,小说中途换了写手,他这个责任编辑竟懵懂不觉,就在自责的同时,他忽然想到什么,对主编说:"或许从一开始,就是玲子的丈夫在写作,但他认为打着年轻女作家的旗号比较容易畅销,于是都以太太的名义推出。"这么一说,一切都对得上号了。最近玲子交稿很准时,是因为她丈夫辞了公司的工作,专注于写作。

总编想了想,面无表情地说:"真相我们知道了,这件事就别再提了。"

"可是……"渡边说,"您不吃惊吗?"总编镇定地回答:"吃惊啊!但这和我们又有什么关系?"渡边愣住了。总编接着说,"我们要的是玲子这块金字招牌,只要书上贴了这块招牌,读者就会买账。至于玲子究竟是谁,根本无关紧要。"

渡边回到座位,觉得总编所言确实有理。如果玲子是个男人这一真相曝光,编辑们或许会被读者杀掉。

又过了几年,玲子的书依然畅销不衰,只是出版界从来没人提及她的私生活。顶多参加宴会时,新入行的编辑偶尔会说说,碰到这种时候,渡边就霍地转身,和其他人闲谈起来。

(作者:杨　君)
(题图:谭海彦)

天上掉下块砖头

天降横祸

故事要从那天傍晚说起。那天,有个叫马友德的老汉从镇上回村,路过村头那棵大槐树时,被几个小孩给拦住了。一个小姑娘恳求他说:"爷爷,我们把羽毛球打到树上去了,您帮帮我们吧……"

马友德抬头望了望大槐树,这棵大槐树已经有几百年的树龄了,树干粗,树冠大,到了夏天,村民们都来树下乘凉,这里就成了一个小广场。马友德发现树枝上的羽毛球,捡起一块砖头就扔了上去。砖头飞过树枝,把羽毛球碰了下来,砖头却不偏不倚地卡在了树枝间。

小朋友们捡起羽毛球,欢天喜地地跑了。马友德看着卡在树上的砖头，却犯起了愁，心说：这家伙要是掉下来，砸到人可就麻烦了！想到这里，马友德又捡起地上的砖头往上抛，想把卡在树上的砖头碰下来。可一连试了十几次，都没成功。就在这时，他的手机响了，老伴说有急事，让他赶紧回家！

马友德只好先回家，他打算第二天再来，把这块砖头弄下来。

第二天，马友德一大早来到大槐树下，突然发现一名陌生男子歪倒在树下，不省人事。走近一看，只见这男子手里抓着半瓶饮料，头上的伤口在流血，身边扔着一块砖头，不远处还停着一辆摩托车。

马友德心里"咯噔"一下：出大事了！他往树上一瞅，昨天卡在树上的那块砖头不见了。不用问，一定是这个男子骑着摩托车到了此地，想坐在树下喝水休息，没想到天上掉下来一块砖头，被砸了个头破血流。

马友德赶忙掏出手机拨打了120，然后用毛巾按住男子的伤口。就在这时，村里的皮三溜达着走了过来。马友德看到皮三走来，就喊说："这人受伤了，我送他去医院，你先把他的摩托车推到你家去！"

皮三推起摩托车走了，不一会儿120急救车也开了过来。马友德护送陌生男子去了医院。

因为在男子身上没找到任何联络方式，马友德只好留下来。一直到中午，昏迷中的男子终于慢慢有了反应，嘴里含糊不清地说："包……包里……钱……钱……"

马友德记起来，男子的摩托车后面绑着一个包，当时他没有在意，现在联系了男子的话，就明白了：那包里肯定有钱，而且数量还不少，不然他不可能在昏迷中还反复念叨。

马友德惦念着包里的钱，下午就急匆匆回去找皮三。他见到皮三，直接就来了一句："那包里的钱你可得好好保管……"

皮三听马友德这么说，知道马友德也知道那包里有钱，就说了实话："真没想到，那包里有那么多钱。我数了数，整整九十万，九十万啊！"

听皮三这么一说，马友德心中又是一惊。

皮三开始以为马友德认识受伤男子，可听马友德说明了事情的前因后果才明白过来：原来马友德和男子非亲非故。皮三心说：这砖头早不掉晚不掉，偏偏在陌生男子坐到树下喝饮料的时候掉下来，这不是老天爷送钱来吗？于是，他眼珠子一转，对马友德说："老马叔，我看，咱干脆把这钱分了吧！"

天赐良机

马友德听皮三这么说，大惊失色，连忙拒绝："不行，那么多钱，人家醒过来能善罢甘休？"

皮三见马友德心有顾虑，就分析起来："老马叔，你想想，反正当时就我们俩在现场，只要我们统一口径，一口咬定，根本没有看见啥摩托车，不就好了吗？除了老天爷，谁又能知道，是我们还是之前有人把摩托车给推走了呢？"

这一番话把马友德给说动了。马友德盘算了一下：如果和皮三平分，立刻就能得到四十五万现金。虽说自己儿子马宏才是老板，家里并不缺钱，但这四十五万也不是好赚的啊！就这样，马友德就和皮三平分了这九十万。

马友德拿着四十五万不义之财回到家，心里一直是忐忑不安。

马友德心不安，皮三也担心。第二天，皮三就给马友德打电话，要他再去医院看看，那个受伤的陌生男子到底死了没有，末了，他还暗示马友德："老马叔，如果方便的话，你最好想办法，让那家伙永远消失，这样我们就没有后顾之忧啦！"

马友德来到医院探听消息，可刚走进医院，就被医生给叫住了，说交的钱用完了，让他赶紧再去缴费。马友德又替陌生男子交了三千块钱，随后才去了病房。

此刻，那个男子依然昏迷不醒，马友德想起皮三的话，不由打了个激灵。他告诫自己：千万不能做害人的事。最后，马友德打定了主意：这钱能不能归自己所有，就看造化了。这人死了最好，如果苏醒过来，就如数奉还！

回到村里，马友德找到皮三，说了自己的打算。皮三一听就急了，红头赤脸地嚷道："量小非君子，无毒不丈夫！无论如何，也不能让这只煮熟的鸭子飞了。"

马友德和皮三分手后，一夜没睡。到了第二天早上，马友德突然担心起来：皮三这小子会不会到医院，向那陌生男子下手？想到这里，马友德坐不住了，立刻又赶去了医院。到医院一看，他顿时手脚冰凉，这下是真出大事了！病房里哪还有陌生男子的影子？

马友德立刻打电话质问皮三："你说实话，昨天夜里来没来过医院？那个人是不是你……"

皮三一听立刻乐了："老马叔，你想哪了？我也只不过是嘴上说说而已，我哪有那个胆啊！"

马友德想想也是，杀人毕竟不是人人都敢干的，他正要去找医生问问，医生先找到了他。医生疑惑不解地说："你送来的伤员也真怪，他昨天傍晚醒了过来，到半夜竟悄悄走了，连个招呼都没打！"

马友德从医院回到家里，认真地想了想事情的前因后果，最后还是不放心，只好去找皮三商量。他忧心忡忡地说："那人走得奇怪啊! 也许是神智还没完全清醒过来? 但他说不定哪一天清醒过来，就会找咱要钱来的啊。"

皮三听完，就宽慰他说："那也不见得啊! 说不定他是个逃跑的贪官，那些钱本来就是一笔见不得光的不义之财……"皮三越分析，马友德越觉得有道理，终于松了一口气。

就在马友德为得一笔横财而暗暗高兴时，没想到一件倒霉事也接踵而来。这天晚上，小舅子告诉他，说马宏才遇到了麻烦，昨天找他借了五十万。

马友德大惑不解，儿子的公司一直经营得不错，咋会突然找小舅子借钱呢? 他不放心，就追问小舅子，宏才的公司到底发生了什么事。

小舅子告诉马友德，宏才前几天损失了一百多万现金，具体原因他也没多说，只是关照舅舅，别告诉老父亲，免得他担心。

马友德一听宝贝儿子遇到了麻烦，没有迟疑，立刻带上这四十五万去找儿子。马宏才看着父亲带来的四十五万，既感动又惊奇，忙问父亲这钱哪来的。

马友德经不住儿子的反复盘问，就如实说了出来。马宏才知道这钱的来历后，当场就责备起父亲来："您可真糊涂啊，怎么能做这种事呢，这是犯法的呀!"

马友德被儿子一说，感觉事态严重，于是回到村里，劝说皮三和他一块去公安局把事情说清楚。

一开始，皮三还是推三推四，马友德警告道："既然这样，我先去了，你等着公安上门吧。"皮三一看这事掩盖不过去，只好不情愿地答应下来。

老天有眼

根据马友德他们提供的线索，警察觉得这个陌生男子肯定有问题。警察料定，这陌生男子肯定不会对那九十万善罢甘休，于是，便精心布置了一个抓捕计划……

这天早上，马友德正在村边散步，突然被人劫持，劫持者正是那个从医院里不辞而别的陌生男子。陌生男子把马友德劫持到小树林后，恶狠狠地说："把钱乖乖交出来，不然的话我要你的命！"

马友德没有反抗，立刻答应带陌生男子去取钱。他带着陌生男子走进果园，很快，在一棵果树下面刨出一个包。可陌生男子刚把包抓到手，突然就被埋伏在此的警察按倒在地……

陌生男子被擒，公安部门说了，案子一落实，就要给有功人员奖励。但马友德心里还是像打翻了五味瓶，不是滋味。他心说：如果那四十五万能帮到儿子，该多好啊！马友德还想知道，儿子为啥一下子损失了一百多万？就在马友德打算动身去找儿子时，儿子开车回来了，一进门就孩子似的大喊大叫："爸！喜事！大喜事！那一百八十万追回来了……"

原来事情是这样的：那天夜里，马宏才公司的财务室被抢，刚刚收到的一百八十万货款被抢走。两个抢匪得手后，当即平分了一百八十万，然后分头逃跑。其中一个抢匪，打算连夜赶回老家。为了避开监控，他驾驶摩托车上了一条偏僻的乡村公路。可他没想到自己运气这么糟，开着开着，车胎没气了。他只得推着往前走。路经马友德家村口那棵大槐树时，他累得实在走不动了，就把摩托车放好，坐到树下喝起了饮料。可他做梦也没有想到，突然一阵强风吹来，那块被卡在树上的砖头掉了下来，不偏不倚地砸在了自己的头上。等他醒过来，人已经在医院里了，摩托车和九十万都不见了。

后来，抢匪从医护人员口里打听清楚马友德的情况后，就悄悄离开了医院。他很快就找到了马友德，并劫持了他。可抢匪哪里想得到，原来这是警方精心设计的一张"天罗地网"！这名抢匪落网后，警方很快就根据他提供的线索，抓获了另一名抢匪，追回了赃款。

马友德听完这整桩事情的前因后果，感叹不已：幸好自己帮小孩子们扔了那块砖头，幸好自己把赃款交给了警察，不然的话，儿子那一百八十万该去哪儿找啊！

（作者：吴水群）
（题图：安玉民　梁　丽）

死亡拐角

最近，美国旧金山市发生了一连串诡异的交通惨案。车祸的地点集中在25号高速公路的一处L形转弯口。调阅监控录像发现，出事车辆都是在接近L形转弯口的瞬间突然加速，然后失控撞向前方的山岩。相同的车祸接二连三地发生，社会舆论一片哗然，媒体们更是把L形转弯口称作"死亡拐角"。

旧金山警察局立即展开了车祸案的刑事调查，具体由马克探长和他的助手霍斯负责。马克对每一起车祸案的录像仔细研究，终于发现了一个共同点：驾驶员在出事前，都在听车载收音机。助手霍斯却不以为然，他觉得开车时听广播很平常，不过，他拗不过马克探长，只好答应说："好吧，明天我亲自驾车，去'死亡拐角'走一趟。"

第二天,旧金山警方一大早就封闭了25号高速公路,空荡荡的高速公路上只有一辆霍斯驾驶的警车。此刻,霍斯一边开车,一边听收音机,同时,他用对讲机与坐镇警局的马克探长保持着联系:"头儿,一切正常。"

"换个频率试试。"马克命令道。霍斯立刻按动收音键,选了一个播放摇滚乐的电台继续听。

时间一点点地过去。霍斯驾车在"死亡拐角"附近来来回回地行驶,从早晨一直到下午,什么都没有发现。"头儿,我看这没戏!"霍斯有点泄气了。对讲机里传来马克的声音:"再坚持一个小时,到时候你就收工。"霍斯吹了一声口哨:"遵命!"

时针一点点地指向了下午三点。坐在警察局指挥中心的马克长叹一声,准备向霍斯发出收工的命令。就在这时,对讲机的讯号突然中断,变成了一片"噼噼"的噪音。

"天哪!"坐在马克身旁的一名警员发出一声短促的惊呼。马克迅速将目光投向挂在墙上的监控屏幕,眼前的一幕让他做梦也想不到:画面上,霍斯驾驶的那辆警车突然加速,像一匹发疯的野马笔直地冲向前方,"轰"的一声,撞在了陡峭的山岩上!刹那间,整个车体扭成了麻花状,一股黑色的浓烟随之在"死亡拐角"上缓缓升起⋯⋯

"霍斯!"马克发出一声撕心裂肺的低吼。等马克风驰电掣地赶到车祸现场时,救护人员已经为霍斯的遗体盖上了白布。马克顿时泪如泉涌,他紧握着拳头发誓:"霍斯,我一定找出凶手,为你报仇!"

现在,马克探长越来越坚信,这一系列车祸和车载收音机脱不了干系!至于具体的原因,他暂时还搞不明白。当天晚上,马克打了个电话,请求全美最著名的声学专家杰姆前来协助调查。

午夜时分,一架军用直升机降落在旧金山警察局的操场上。螺旋桨刚刚停住，矮矮胖胖的杰姆教授就从机舱里钻了出来，等候在一旁的马克快步上前，和他热情握手。

来到灯火通明的办公室，马克探长立刻向杰姆通报了十二起车祸案的全部经过，还将自己对车载收音机的怀疑和盘托出："杰姆教授，用收音机播放的某种声音来制造车祸，这种可能性存在吗？"

杰姆沉思良久，点了点头，说："探长先生，您的推测理论上是成立的，但到现在为止，还没有人将之真正付诸行动。"

接着，杰姆告诉马克，大概是二十年前，在一次声学实验中，他偶然发现了一种奇特的现象：当高频率的超声波在特定条件下被压缩后，它能产生强大的干扰作用。如果把100万赫兹的超声波压缩到20赫兹至2万赫兹范围内，那么人类的耳朵就能听到。这种被浓缩了的高频超声波，相当于让一万吨汽油在一个火柴盒里燃烧，其爆炸性的威力可想而知。杰姆把这种原子弹似的声音叫做《疯狂幻想曲》。人一旦听见它，意志力会在瞬间崩溃，脑中只有一个念头，那就是逃走，快逃走！

"您发现这个秘密后，又做了些什么呢？"马克问。

"我只用小白鼠做了一些简单的实验，然后就终止了研究，因为这项发明对人类有害无益。对了，我在一篇论文中简单提过几句，但并未对实验过程进行描述。那篇论文后来发表在当年的《美国声学年刊》上，听说那份刊物的发行量很小，仅供同行参考。"

"哦，是这样啊！"马克抽着烟，陷入了沉思，他想了想又问，"自然界中，是否存在这种《疯狂幻想曲》？"杰姆教授点点头："虽然到现在还没有确凿的证据，但我相信是存在的。你听说过鲸鱼集体自杀的报道吧，我怀疑那就是《疯狂幻想曲》惹的祸！"

马克两眼紧盯着杰姆："那您看，导致这十二起车祸的《疯狂幻想曲》

是出自人为还是天然?"

杰姆背着手在房间里踱了几步:"这个……要等我找到声音的源头,才能做出判断。现在,离最后一起车祸发生刚好十二个小时,声音源应该还在老地方。人命关天,咱们这就行动吧!"说完这一句,杰姆已经走向了门口。

半个小时后,马克和杰姆坐着警车来到了"死亡拐角"。车停稳后,杰姆掏出一只模样类似收音机的东西,打开了车门。马克赶忙拉住他,不无担心地问:"杰姆教授,您对《疯狂幻想曲》有免疫力吗?"

杰姆摇了摇头:"任何人对它都没有免疫力!不过……"他扬了扬手里的小盒子,很有把握地说,"我的这台检测仪能将所有接收到的音频降解一千倍,必要时还可以进一步降解。"这下马克放心了,他便一个人在车上留守。

杰姆下车后,立刻启动了音频接收仪,将一副连着接收仪的耳机戴在头上,沿着"死亡拐角"来来回回地走动。十分钟过去了,二十分钟过去了,一个小时过去了,杰姆依然平静地走着。就在马克焦急万分的时候,只见杰姆突然脸色大变,两腮的肌肉不停地抽搐。马克心说:不好,教授一定听到《疯狂幻想曲》了!这样想着,他马上跳下车子,飞奔而去。

这时,杰姆迅速在接收仪上按了几个键,等马克跑到身边时,他的神色已经恢复了平静。马克紧张地问:"教授,您听到《疯狂幻想曲》了?"

杰姆点了点头:"是的。这支曲子相当强大,尽管降解了一千倍,仍让我心惊肉跳;现在,我把它稀释到二千分之一了。如果我没猜错,它的声源应该就在半径五百米的范围内。"说着,杰姆翻过公路右侧的隔离栏,继续往前走,马克也跟了过去。杰姆朝前走了十几步,又退回来向左边走。他根据检测仪上显示的信息,不断修正自己的路线。大约半个小时后,杰姆在一棵粗大的栎树下停住了,他摘下耳机,兴奋地说:"就在这儿!"马克大感意外:"难道是这棵树?"

杰姆不回答,而是绕着大树转了几圈,从身上取出一把水果刀,在一处不起眼的树疙瘩里头挖了几下,不一会儿,便从小树洞里掏出一粒纽扣样子的东西。他将那纽扣小心翼翼地拆开,研究了好一阵,才又重新装好。然后,杰姆转身冲马克说:"千真万确!《疯狂幻想曲》就发自这个玩意儿!不过,这只是个转发装置,相信真正的发射地应该也离这儿不远。"

马克激动得连声音都颤抖了:"看来真是人为制造的!教授,怎样才能找到凶手?"

杰姆把那粒纽扣小心地放回到树洞里,说:"这家伙快没电了,不久就会有人来将它取走。"听了这话,马克笑了:"那咱就来个守株待兔,接下去的事我就在行了!"

第二天中午,一个十来岁的小男孩蹦蹦跳跳地来到栎树前,摸出口袋里的小折刀,熟练地从树疙瘩里掏出那粒纽扣。然后,他唱着歌转身向一座大山跑去。

半山腰上有一间简陋的小木屋。小男孩跑到木屋前,轻推虚掩的门,走了进去。屋子中间的圆桌上放着一张纸条,上面写着:小布朗,请到山顶的悬崖边来找我。男孩看完纸条,转身就往山顶跑。

山顶上,一个白发老头端坐在悬崖边的一块大石上。小男孩爬上山顶,气喘吁吁地问:"切尔顿先生,您怎么到这儿来啦?东西给您!"说着,他掏出那粒纽扣,递了过去。

切尔顿把东西接在手里,又从怀中摸出一张五美元的钞票,说:"亲爱的小布朗,老规矩,这是你的劳务费!"小布朗接过钱,欢快地走了。随后,切尔顿冲着远处的小树林高声喊道:"先生们,可以出来了!"

不一会儿,马克、杰姆和四个全副武装的警察从树林里钻了出来。切尔顿瞥了一眼,轻蔑地说:"对付一个快死的孤老头,用得着这样兴师动众吗?""您可不是一个普通的老头,您是十二条人命的杀手!"马克冷笑道。

一听这话,切尔顿突然激动起来。他咬着牙,一字一顿地说出了自己制造车祸的全部经过:原来,十年前,切尔顿的儿子一家三口驾车出去旅行。车开到旧金山郊外的高速公路时,迎面驶来一辆大卡车,将切尔顿儿子的小轿车一下子撞飞,一家三口瞬间死于非命……

事后,经过警方的调查,那个肇事司机是个狂热的摇滚迷。车祸发生时,他正在收听旧金山音乐电台的重金属摇滚乐。由于是过失杀人,法庭只判处那个卡车司机半年监禁。切尔顿对这种不痛不痒的惩罚极为愤怒,他一再上诉,但均无结果。从此,他恨透了开车听广播的司机,决定用自己的方法来复仇。

几年前,切尔顿在一本过期的《美国声学年刊》上,偶然读到了杰姆教授的那篇论文,《疯狂幻想曲》让他灵感顿发。退休前,切尔顿曾经是一名电子工程师,对声学也颇有研究,他按照论文中的提示,开始着手制造《疯狂幻想曲》的发射器。经过多年的潜心钻研,他终于成功了。

一个月前,切尔顿开始了复仇计划。他先在旧金山郊外找到一处合适的位置,搭建了一间小木屋。由于遥控发射器的功率有限,便又设计了一个频率转发装置,就是那粒黑色的纽扣。然后,他让小布朗给自己跑腿,来来回回地给频率转发器充电。就这样,切尔顿通过发射器,时不时地向山下的频率转发装置播送《疯狂幻想曲》。当他在电视里看到一起又一起的车祸报道时，心中充满了复仇的快感。

说到这儿，切尔顿微微一笑："先生们，我的故事讲完了。"马克将手枪抬了抬，说："那么，切尔顿先生，请你跟我们走吧。"

"跟你们？"切尔顿放声大笑，"你们是什么东西？警察和那些该死的法官都是人间的魔鬼……我只跟上帝走，不跟魔鬼走！"话音未落，切尔顿突然从怀里取出一个黑色的小匣子，飞速地在上面按了几下。霎时，一阵恐怖的啸叫声响了起来……

切尔顿原以为在场的警察听到了《疯狂幻想曲》，一定会一头冲下悬崖。没想到，他们竟然无动于衷。切尔顿慌了，他又朝小匣子用力地按了几下。这时，一直默不做声的杰姆教授冷笑道："切尔顿先生，不必按了。和你一样，我们的耳朵里也塞着特制的消音器。"

听了这话，切尔顿惊恐地瞪大了眼睛，他颤声问道："你……你是谁？"

杰姆微微一笑："《疯狂幻想曲》的原作者！"

(作者：陈效平)
(题图：佐　夫)

混入社交圈的杀手

奇特的遗产

考古学家马修收到一封奇怪的信,发件人是他去世的朋友马诺伯爵,伯爵要求他履行自己的承诺。马修拿着信来到白马旅馆,等着他的是一位美貌少女,少女扬扬手中的纸片,说:"我叫伊春,是马诺伯爵的外甥女,也是他唯一的继承人。舅舅说,你的承诺是他最大的财富……"马修接过那张纸,上面果然盖着伯爵的印章,写着将所有遗产留给伊春。

马修笑了笑,说:"我对伯爵的承诺是,无论他在伦敦有什么需要帮助,我都在所不辞!请问你在伦敦需要我帮忙吗?"伊春扬了扬眉,道:"我要你帮助我进入伦敦上流社交圈!"接着,伊春告诉马修,她妹妹来伦敦不久，就嫁给一个叫范奈克的美国人，但结婚才一个月就莫名其妙地死了，她这次来伦敦，是为了寻找妹妹死亡的秘密……

半年前，一位犹太富翁被一对双胞胎姐妹谋杀，所有财产都被那对双胞胎卷走，所以现在伦敦的上流社交圈不敢接纳陌生美女。但马修在伦敦社交圈素有声望，他带着伊春出入酒宴舞会，如鱼得水，没多久，伦敦城里的纨绔子弟都围着伊春转了，其中，最起劲的就是那个范奈克。

不久，一位探险家从南美运回一批玛雅文物，引发了伦敦上流社会的观摩热潮。这天，范奈克邀请伊春到大英博物馆去欣赏，展会上最引人注目的是一顶皇冠上的一颗巨大宝石，伊春一边观看，一边漫不经心地说："我舅舅留给我的遗产里也有几颗这样的宝石……"

观摩完毕，范奈克带着伊春来到休息室，见一大群人围在一个叫莲娜的贵妇人身边，听她讲神秘的玛雅咒语，于是范奈克与伊春也凑了上去，只见莲娜摇着扇子，低声道："这批玛雅文物运到英国，触犯了玛雅神灵，触碰玛雅文物的人都将遭遇厄运！"说到这里，莲娜突然指着伊春，喊道："你怎么靠在玛雅石柱上？"

伊春吓了一跳，原来她正和范奈克靠在一根玛雅石柱上，莲娜夫人摇摇头，说："这根石柱上刻的咒语是：凡靠上者皆有厄运！"范奈克火了，朝莲娜吼道："你这个疯子，居然诅咒我们！"莲娜也不甘示弱，跟范奈克大吵起来，范奈克气鼓鼓地与伊春坐上马车回家。

没想到马车刚行驶到街上，拉车的马突然倒在地上死了，博物馆的游客都围了过来，对着马匹纷纷议论。这时，马修坐着马车正好路过博物馆，见到这个情况，连忙把自己的马车让给伊春，又安排人把死去的马匹拖走……

神秘的咒语

很快,范奈克追求伊春的攻势越来越猛,经常邀请伊春到他家参加派对。伊春发现,范奈克可以让客人到他家每一个房间参观,但地下室除外,连管家也拿不到地下室的钥匙。范奈克说,地下室的钥匙只有他未来的妻子才能保管。

伊春又找到马修,把这情况告诉了他,并说,她打算吸引范奈克向她求婚,然后在婚礼上取得地下室的钥匙,马修要趁婚礼时范奈克不在家的机会,拿着钥匙潜入范奈克家,打开地下室,找到里面的秘密,再马上回到婚礼现场告诉伊春,然后由伊春揭露范奈克的真实面目,当场宣布取消婚礼。

按照计划,伊春在伦敦大道买下房子,购置了很多嫁妆,范奈克果然向伊春提出求婚,说只要伊春与自己结婚,自己的房产和财富都交给她打理,伊春顺势答应了他的求婚。

而这时伦敦开始流传一个谣言,说如果范奈克和伊春结婚,就会触犯玛雅咒语,横遭不测。

婚礼这天,范奈克请来很多朋友,大家喝得酩酊大醉,伊春乘机把地下室钥匙从范奈克的贴身口袋拿出来,交给马修,马修骑着快马赶到范奈克庄园地下室,打开地下室一看,地下室挂满了女人衣服,就像交际花的大衣柜,但除此以外没有任何发现……马修急忙骑马赶回婚礼现场,把看到的情况悄悄告诉了伊春,伊春顿感失去头绪,只好决定先宣布取消婚约再说。可是,当伊春走上舞台正要宣布解除婚约时,喝醉了酒的范奈克却爬到了舞台的护栏上,站在上面手舞足蹈,突然失去重心,摔到舞台下的泰晤士河中。莲娜第一个冲到栏杆前,对着下面喊道:

"天哪，玛雅咒语显灵了！"只见河水中一个黑点挣扎几下，慢慢沉入了水中，马修马上组织人下水打捞范奈克。

伊春把马修拉到一边，问："你为什么要组织人去打捞他？他害死我妹妹，死有余辜……"马修说："我救他，也是救你。如果他的尸体被河水冲走，就无法确定他的死亡，你的婚姻就只能等到五年后才能解除！"

马修安排的人打捞了一整天，也没有找到范奈克的尸体。从此，伦敦城的派对不再邀请伊春参加，因为大家说她和范奈克触犯了玛雅咒语。除了马修，再也没有人来看望伊春。

又过了三个月，这天夜里，伊春正在家里收拾东西，突然看到窗外出现一个人影，她赶到窗户边，突然被一只冰冷的手掐住了脖子，接着窗外又跳进一个戴着玛雅面具的白衣人，用绳子套住了伊春的脖子，就在这时，只听"砰"的一声，白衣人身边的壁画被击得粉碎，马修的声音同时在房间响起："马上放手，不然我就开第二枪！"两个白衣人双双跳出了窗户。

马修拿着枪跑过来扶住伊春，问："你没受伤吧？今天是玛雅鬼节，我来看看是不是真的有咒语发生在你身上，没想到碰到这种事情……"伊春惊魂未定，但坚定地说："我不相信咒语，这是有人要谋杀我！"马修打电话报了警，但赶来的警察没找到任何线索。

是谁要杀害伊春呢？马修眉头紧锁，说："难道是那两个人吗？不可能啊……"伊春问那两个人是什么人，马修却不肯说，只是让伊春去拜访社交圈里的贵妇们，告诉她们自己将去国外旅行五年，这期间不会回到伦敦。

这段时间马修的行迹也很古怪，他还从范奈克的地下室拿走几件女人的衣服。伊春出国前一周,马修跑来告诉伊春,最近又来了一批玛雅文物,据说这些文物可以解开玛雅咒语,他请伊春和他一起去看这些文物。

危险的白衣人

展览规模盛大,博物馆摆满了玛雅文物,但马修却带着伊春走到博物馆的最里面,这里的文物很粗糙,没有其他的游客。马修与伊春边走边看,走到两具石棺前,突然,石棺后闪出两个戴着玛雅面具的白衣人,将乌黑的枪口对着马修和伊春。伊春吓得脸色煞白,马修却冷静地说:"伊春刚立了遗嘱,如果你们开枪,就永远不会知道遗嘱的内容。"

果然,高个白衣人犹豫了一下,尖着嗓子问:"遗嘱里写的是什么?"马修打量着白衣人,手在石棺上摸索着,突然,马修一把撕开外套,露出里面的粉红色女人内衣,哈哈笑道:"我这衣服你们是不是很熟悉?哈哈,伊春遗嘱上的财产继承人是——"两个白衣人呆住了,高个子恶狠狠地说:"快说,不然我就开枪!"

就在这时,马修的手停在一个石盘上,说:"伊春的继承人是她的丈夫范奈克。"两个白衣人对望一眼,同时扣动了扳机,子弹打中了马修的胸膛,马修在倒下的同时拨动了石盘,只听一声巨响,两具石棺突然同时倒下,正好把两个白衣人罩在里面。

伊春扑到马修身上哭起来,没想到马修却推开伊春缓缓站起来,他一把撕开身上的粉红内衣,露出里面的防弹衣。马修踢了踢石棺,让伊春叫来了博物馆警卫。

等警卫把石棺竖起来时,两个白衣人已经因缺氧昏了过去,马修一把揭开他们的面具,居然是范奈克和莲娜!马修告诉伊春:"他们是双胞胎兄妹,范奈克一直心理变态,酷爱扮演女性,合伙扮演双胞胎姐妹谋杀犹太富翁的就是他们,后来他们各自混入伦敦上流社交圈,范奈克又利用婚姻来娶富家女子,然后谋杀她以获得遗产,你的妹妹就是第一个受害者。范奈克追求你时,就让莲娜散布玛雅咒语的谣言,然后让范奈克在婚礼时失踪,再借咒语之名杀死你。"

伊春越听越震惊,又问:"你是怎么知道这一切的?"马修得意地说:"我一直在研究玛雅文化,你们在博物馆靠的那根柱子上的文字不过是一条平常的谚语,可莲娜却装神弄鬼;那匹马在博物馆前突然死亡,也是因为被人喂了很多烈性雪茄叶子导致的;我让你声言要出国,是为了逼范奈克现身……说起来挺危险的,石棺上的机关,我也是刚看到石棺上的文字才发现的……"

(改编:华登喜)
(题图:佐 夫)

天衣有缝

黑夜里的致命一击

在中州市,大大小小的软件公司有上百家,竞争激烈。

这是一个六月的深夜,已经是凌晨两点了,但黑马公司的研发室里还是灯火通明。公司老总秦长风和妻子亦舒、副总黄永利等几个骨干还在工作。此时,秦长风正小心翼翼地往电脑里输入着程序,脸上满是喜悦,原来,四个多月以前,秦长风就带着大家开始研发一套名为"妙管家"的企业管理软件,眼下,已经到了最后关头,顶多再用上半个多小时,这套软件中最为关键的第一部分就可以完成了,这样,秦长风就可以轻而易举地击败那个让他切齿痛恨的对手了!

就在秦长风等人全神贯注地

做软件时，突然，一辆摩托车"突突"地由远而近，摩托车在黑马公司后面的院墙外停了下来，一个男人极快地下了车，他的手里拿着一根长长的竹竿，鬼鬼祟祟地往四下一看，见没有人，就蹑手蹑脚地朝一根电线杆摸去，但这一切没有任何人看到……

而就在这时，办公楼里的秦长风正长长地吐出了一口气，他下意识地看了看自己少了一截的左手食指，然后，用这左手食指往电脑里输入了最后一个字母，接着，又抬起右手食指在 Enter 键上轻轻一击，然而，刹那间，所有的人只觉得头顶上的白炽灯猛地发出了刺眼的白光，接着"叭""叭"几声脆响，几盏灯全部爆掉，而秦长风眼前的电脑屏幕则霍然闪出一个极亮的光斑，然后消失，接着是一阵难闻的糊焦味儿弥漫了整个屋子，屋里一下子黑了下来，所有的人都傻了，一片死寂，但谁都明白发生了什么：高压电源连线了，付出了无数心血的"妙管家"也随之化为灰烬了！

"天哪！"秦长风霍地站起来，发出一声绝望的喊叫，然后"咕咚"一下跌倒在地上……

秦长风醒来的时候已在医院里，妻子亦舒正伏在他的病床前哭泣，一看丈夫醒了，她紧紧握住他的手，哭道："长风，你看现在这局面……咱们不做软件、不和他争那个'第一'不行吗？咱们要个孩子，安安静静地生活多好啊！"

秦长风断然摇了摇头，他向亦舒伸出了自己的左手食指，说："你也知道我为什么会失掉这一截手指，五年前的 9 月 25 日，我曾向他发誓，我会在五年后的 9 月份击败他而成为中州市的软件第一，并让他永远离开中州，而现在，我只有完成这套'妙管家'，才能确保打败他，现在已经是 6 月份了，我还有三个月的时间，可是在两个月之前，他的公司也开始做一个和我们功能相似的企业管理软件,要是我不能抢先一步,那我只能带着终生的耻辱永远离开中州!"听了这些话,亦舒没再说什么,默默地流起了眼泪。

他们夫妻俩提到的那个"他",名叫林忠,今年36岁,是本市最大的软件公司"天通公司"的老总,他和秦长风之间的个人恩怨可不是三言两语就能说完的……

秦长风在医院里只躺了一天就出了院,他想从头再来,可是,难哪,这次高压电连线造成的损失十分惨重,所有正在运行的电脑、仪器全被烧坏,价值最少也有500万元,而且,有6名技术骨干认为公司完了,连招呼都没打就走了,可以说现在公司基本上就剩一个空壳了,秦长风觉得一定是有人在暗中做手脚,他就叫亦舒报了案。经市公安局刑侦处的刘刚科长侦查,的确,在出事当夜,有人在黑马公司的专用电路上做了手脚,但现场没有留下一点线索。破案无门,秦长风也顾不得了,眼下最紧要的是解决资金问题,他托人介绍,好不容易和上海信诚投资公司联系上了,双方的洽谈也很顺利,对方将派专人进行市场调查,只要可行,将拿出1000万元投资"妙管家"的发行。为避免节外生枝,和信诚公司合作的事,除了亦舒和副总黄永利,秦长风没给任何人说,接下来,秦长风又开始在晚报和网站上同时发布招聘软件工程师的广告。

这一天上午,邮局又送来了几十封应聘信,秦长风一封一封地打开,查看应聘者的个人资料,撕开最后一封信,秦长风用手一掏,不由一愣,里面只有一张白纸,白纸上只有短短的一句话:"黄永利是林忠的内应。"

秦长风先是一愣,接着禁不住哑然失笑:这信也太荒唐了,黄永利是自己最信任的"开国元勋",怎么可能背叛自己?秦长风看了看那封信,没有寄信人的地址和姓名,但看邮戳是本市寄的,秦长风又审视了一下那一行字,心突地一跳:这是一个女人的字体,这字迹好熟悉啊!秦长风的脑子里忽然闪过一个女人的身影,但他马上又否定了:如果是别的女人给自己通风报信倒还可以理解,可她,绝不会!

五天后,黑马公司按计划招聘了15名软件工程师,秦长风正准备结束招聘,忽见副总黄永利拿着一份《中州晚报》兴冲冲地进了办公室:"秦总,快看,好消息!"秦长风一看,上面有一篇短新闻,题目是《软件大王殴打女工被判赔偿3000元》,这个"软件大王"正是他的对头林忠,林忠倒霉他当然高兴了,不过,当他看到挨打的人是"田某"时,心里不觉又一动,他不敢相信林忠会舍得打她啊!正沉吟间,一个女人忽然迟疑着走进了办公室,秦长风一抬头,顿时惊呆了……

为了一个女人,用鲜血来赌咒

站在秦长风面前的是一个极有气质而容貌俏丽的女人,正可怜楚楚地望着他,真是说谁谁到,想谁谁来啊,秦长风迅速调整了一下自己的心绪,板着脸硬邦邦地问:"你来干什么?"

泪水从那女人的面颊上淌了下来:"我……我来应聘……"

秦长风冷冷地问:"你——为什么要离开他?"

"……他一直把我当玩物,没离婚,更没和我结婚,还打我……"

秦长风看了一眼晚报上的那条新闻,问:"这么说,晚报上那则消息是真的了?"

女人点点头,说"我现在说什么你都不会相信的……"

秦长风沉吟了一下，说："你先回去，明天我会答复你的。"

女人说了声"谢谢"，便擦着眼泪走了。看着女人的背影消失在门口，秦长风心里真有说不出的滋味：这个女人，正是晚报上提到的被林忠殴打的"田某"田冰冰，而秦长风、亦舒和田冰冰以前都是中州市科技学院计算机专业的大学生。秦长风不但长得帅气，又酷爱软件开发，田冰冰和亦舒都爱上了他，但胆大泼辣的田冰冰抢先得到了秦长风的爱，亦舒只好默默地退让了，但是，谁也没想到，大二的时候，林忠在中州办起了第一家软件销售公司，因为软件，他和秦长风成了很好的朋友，但林忠是一个重色轻友的小人，虽然他已经结婚，但还是为田冰冰的美貌所倾倒，他疯狂地向田冰冰发动了攻势，并许诺以后和她结婚。田冰冰家境贫寒，她考虑问题太现实了，竟然答应了林忠。秦长风知道这事后如晴天霹雳，他去了林忠的办公室，亮出了随身带着的一把刀子，只见他一咬牙，挥刀剁下左手的一截食指："你记住，今天是9月25日，五年后的今天，如果我不能打败你的天通公司，我就永远离开中州！"正是因为这个女人，五年前，秦长风才在亦舒的极力相助下，在中州成立了"黑马"公司，而为了雪耻，他付出了常人难以想象的代价，别的不说，和亦舒结婚都三年了，连孩子都没敢要啊……

平静了一下心绪，秦长风给亦舒打了个电话，征求她的意见。电话那头沉默了好长时间，后来亦舒开口了："不到山穷水尽的地步，她是不会来求你的，留下她吧……要是你不放心，可以先给她安排一个无关紧要的工作。"秦长风感激地答应了。

就这样，秦长风就把田冰冰留在办公室，每天也就是打扫卫生整理文件，这已经让田冰冰感激不尽了。

接下来的好多天，秦长风忙得昏天黑地，有时连续几天都不能回家，亦舒也跟着熬得面容憔悴，但秦长风是个有情有义的男人，再忙他也没忘记7月10日是亦舒的生日，这一天下午，他让亦舒无论如何也得回家准备一下，过个有情调的生日。

秦长风的家在市郊，是一幢两层楼的小别墅。傍晚，亦舒骑着摩托车提前回家准备饭菜，刚到街口，忽然看到一个戴着墨镜的男人正趴在她家院门上往里探头张望，亦舒一愣，就故意咳嗽了一嗓子，那人猛一惊，赶紧走开了。亦舒也没当一回事，随后就进了家。天快黑时，秦长风带着红玫瑰和生日蛋糕回家了，而他的身后还跟着田冰冰，田冰冰见了亦舒，有点难为情地说："我已经五年没和亦舒姐谈过心了，是我坚持要来的……"

亦舒乍一见田冰冰来访，不觉一怔，但很快就以一个女主人的风度热情地接待了她。三个人正吃着饭，公司忽然又打来了紧急电话．说遇到了技术难题，秦长风只好放下饭碗走人。两个女人吃完饭，往沙发上一坐，就聊了起来。

田冰冰说林忠为了保住"软件第一"的位子，一直都不肯和自己结婚，说到伤心处泪流满面，亦舒也伤感地说："唉，男人都有自己的事业，我和长风虽然结了婚，可到现在还没要孩子呢。我已经快三十岁了，我真不想等到他成功之后再要孩子啊……"

田冰冰体贴地说："你们如果现在不要孩子，可一定要避孕，别像我，这些年受了好多罪。"亦舒笑了笑："没事儿，我们的方法很安全……"两个女人聊了很久，一直聊到秦长风回来，田冰冰才识趣地走了。

这天晚上云淡月圆，夜色宜人，秦长风拥着娇美的亦舒走进了温馨的卧室，秦长风忽然低声问："那东西准备好了吗？"亦舒娇滴滴地说："看你，我哪一次不准备啊！"秦长风歉意地一笑，抬手关了灯……

幕后的对手在连连出招

接下来，编程工作越来越顺利了，秦长风也能经常回家过夜了。这一天天刚黑，秦长风又轻松地开着车回家，刚到街口，就看见一个男人正站在他家院门外，一弯腰就把门口的垃圾袋抄到了手里，回头看见秦长风的车，便扭头跑进了胡同。秦长风心里一个"咯噔"：现在拾荒的人虽然多了，可也没有这么偷垃圾的啊！莫非是有人又想对自己耍花招吗？但随即连他自己都觉得可笑了：偷垃圾能偷出啥花招啊？

秦长风和亦舒的生日只差了半个月，在秦长风生日这天上午，亦舒特意到公司给他送来了一个生日蛋糕。晚上，秦长风从研发室回到办公室，刚坐下，田冰冰进来了，她手里拿着个精美的小盒子，说："秦总，这些天，你一直都很累，借你生日的机会，送件小礼物给你。"她说完，放下手里的东西就走了。

秦长风拿起来一看，是一款精致的mp3播放器。说实话，虽然他是电脑高手，但整天忙于编程，对这种流行于青年人中间的小东西了解得并不多，只知道它是播放音乐的好东西。秦长风可不想欠田冰冰什么人情，第二天，他就叫会计打听清了mp3的价格，然后把钱还给了田冰冰，至于那个mp3，他没有时间用它听音乐，就随手放到了身后的书架上。

今天已经是8月10号了，秦长风也已经连续二十多个小时没合眼了，他刚在办公室的沙发上躺下，手机就刺耳地响了，怎么也没想到，打电话的竟是冤家对头林忠。林忠不紧不慢地说着："秦总，恭喜你取得了成功，我有话直说了，你缺钱，我缺新软件，这样咱们就有了两种合作方式，一是咱们共同研发'妙管家'的第二部分，然后再共同发行这套软件；二是我出300万买下整个'妙管家'。"

"做梦,我绝不和你这种人合作!"说完,秦长风就挂断了电话。"妙管家"发行的资金,他早和上海信诚投资公司联系好了,资金充足,根本不愁,他林忠这一回可是信息不灵了!

可是,谁也没有料到会风云突变,第二天上午,田冰冰把一份传真放到了秦长风面前,他一下子懵了:传真是信诚公司发来的,提出合作的事稍后再议,怎么会这样啊?前天他在电话里还和信诚公司的孙总说得好好的啊!秦长风马上拨通了孙总的手机追问原因,孙总说,因为昨天上午有人给他打手机,说"妙管家"存在产权纠纷。放下电话,秦长风气得眼睛都发红了,就在这时,站在一边的田冰冰开口说道:"秦总,有一件事我一直想告诉你,但又怕影响公司的内部团结。"

秦长风急不可待地说:"什么?请你直说!"

"我早在一年前就发现你们公司的人在和林忠联系了。"

秦长风霍地站起来:"是谁?"

田冰冰为难地说:"秦总,你可一定要保证不对外人讲啊!"她见秦长风郑重地点点头,就接着说,"是黄永利,以前我经常见他和林忠在一起吃饭,但是不知道他们具体谈了什么……""是吗?"秦长风无力地坐了下来,心里像被人掏空了一般。

"秦总,没事我先出去了。"

"先别忙,"秦长风忽然又想起了一件事,他感激地说,"前些日子我收到一封匿名信,说黄永利是林忠的内应,是你写给我的吧?"田冰冰不好意思地点点头。

"你挨打也和这件事有关吧?"田冰冰没说话,只是低下头,含泪欲滴。秦长风心里很不是滋味,他安慰了几句,就让她走了。

秦长风决定先揭穿黄永利的真面目,他从黄永利的个人档案袋里找出身份证复印件，然后直奔移动公司，打印出了黄永利近三个月来的通话清单，一核对，他不由怒火万丈：在这些天里，黄永利几乎每天都要和林忠通电话，在高压电连线的当夜，通话的时间更是长达20多分钟！而且，就在昨天上午，也有黄永利和孙总的通话记录，是谁在向孙总说"妙管家"存在产权纠纷，这不明摆着吗？秦长风让人把黄永利叫到了办公室，单刀直入地问："黄永利，脚踩两只船的后果是什么你知道吗？"

黄永利一听这话，脸色就变了，讪笑着问："秦总，你这话是什么意思啊？"

秦长风把长长的通话清单甩到他脸上："你自己看吧！你每天都在和谁通话？"

"这……我……"黄永利的汗可就下来了。

秦长风拍着桌子低吼道："你真叫人寒心，滚！"

"对不起……秦总……"黄永利低着头狼狈不堪地退了出去。

眼下，当务之急是向信诚公司说明真相，当天下午，秦长风带上"妙管家"所有权的所有文书资料，登机直飞上海。次日下午，他就满面春风地回到了公司，因为他的上海之行不但消除了信诚公司的疑虑，双方还签订了合作意向书。

已经是9月10日了，秦长风好事不断："妙管家"的第二部分已经完成，信诚公司的孙总也将于四天后到公司签订共同发行"妙管家"的合同，只要一签，投资公司的1000万元资金就会划到黑马公司的账户上，这样，"妙管家"就能全面推向市场，林忠就会被死死地踩在他秦长风的脚下！

15日是个星期天，眼看着快11点了，秦长风在公司等着信诚公司的孙总来签合同，他想叫田冰冰去街上买点水果什么的，可员工小朱说从昨天下午到现在田冰冰一直都没上班，也没请假，秦长风听了心里一沉……

一个男人和一个女人的较量

秦长风刚想给田冰冰打手机，田冰冰恰巧也在这个时候打来了电话，秦长风有点担心地急着问："你怎么不上班了？"

田冰冰忧伤地说："秦总，我要离开中州了。"

秦长风急忙追问："为什么？"

田冰冰没有回答，只是说："临走之前我想再见你一面，可以吗？"秦长风心里一阵失落，毫不犹豫地就答应了，他急如星火地开车赶到了田冰冰租住的中原路长条巷263号。到了那里一看，这里竟然是一个大杂院，里面住着好多打工仔，有的在洗衣服，有的在做饭，乱得很。

秦长风跟着田冰冰上了二楼的一个套房，田冰冰坐到了床上，秦长风在一个单人沙发上坐下，田冰冰望着秦长风，说："风哥，以前是我对不起你，咱们可以从头再来吗？"

秦长风霍地站起来："你和我见面就是为了说这样的疯话？我走了！"

田冰冰一笑："嚆，你还真是一个好男人，那，我只好摊牌了——"

秦长风一怔，问："摊什么牌？你不是要离开中州吗？"

"不！"田冰冰得意地说，"我可以告诉你，为了在今年整垮你的黑马公司而让你永远离开中州，林忠和我费了好大心思，比如我提醒你要注意黄永利的匿名信，比如我们设计的'软件大王殴打女员工'的新闻……"

"太卑鄙了！"秦长风恨得直咬牙，但又疑惑地问，"可是，你为什么还要把黄永利揭出来?"田冰冰一乐:"我不揭他,能得到你这样的信任?你会毫不提防地走进我这间小屋来吗?说实话,他是林忠一年前花10万元买通的,可现在你的保密工作越做越好,他已没有什么利用价值了!"

秦长风脸色铁青:"你是怎么掌握我那么多的信息的?"

田冰冰从桌上的烟盒里拿了一支烟,点着了,姿态优雅地吐了个烟圈:"还记得我送你的那个生日礼物mp3播放器吗?你知道mp3除了听歌还有什么功能吗?"

秦长风厌恶地瞪了她一眼,田冰冰得意地说:"告诉你吧,这种mp3除了听歌,还可以在20米范围内连续录音18个小时!而且,这种东西我一下子就买了两个,只要有机会,我就随时和你书架上的那个替换使用,所以,你所有的行动尽在我的掌握之中!"

秦长风怒视着田冰冰:"你为什么要死心塌地跟着林忠?"

田冰冰认真地说:"他答应过我,只要我能得到'妙管家',或者让你永远离开中州,他就马上和我结婚!"

"哼,五年前他就那样答应过你了!你觉得他还爱你吗?"

田冰冰一怔,咬了一下牙说:"我已经是一个三十岁的女人了,我现在需要的是稳定的婚姻而不是浪漫的爱情!别废话了,我有两个条件,答应任何一个你才会没事。"

秦长风轻蔑地说:"你在威胁我吗?"

"绝不是威胁,"田冰冰盯着秦长风,神色冷漠地说,"你听好了,我的两个条件是,第一,两天之内,你和你的黑马公司在中州永远消失;第二,今天下午5点之前,交出'妙管家'的原代码!"

秦长风的牙咬得格格直响:"做梦吧你!"

"那我就把你送进监狱！"田冰冰说着，突然一把扯乱头发，然后用力在脖子上抓挠了几下，几道血印顿时出现在她白皙的脖子上……

秦长风轻蔑地看着她："真有意思，你表演吧，我走了。"说完，他转身就走，但田冰冰马上疯狂地扑了过去，死死地缠住了他……

秦长风竭力挣脱了田冰冰的纠缠，回到公司，却见孙总已在办公室等候多时了，他看到秦长风后一愣，问："秦总，你怎么啦，脸色那么难看？"

秦长风用手掌拍了拍前额，掩饰一下说"没什么，孙总。"接着，两人坐下来，简单谈了一会儿合作的有关事情，然后，拿出钢笔，准备签合同，就在这时，田冰冰突然披头散发地闯了进来，还没等他俩反应过来，田冰冰就已经一头向秦长风撞了过去，嘴里还叫着："禽兽不如的东西，我和你拼了！"

秦长风往旁边一闪，怒吼道："田冰冰，你疯了，你想干什么？"

"怎么回事？"孙总一下子懵了，还没等秦长风解释，两名民警随后就跟了进来，说是要叫秦长风到公安局去一趟，有些事情要问，然后，不由分说就把他带上了警车。孙总见此情形，拂袖而去，这下公司可就乱套了，亦舒当场就晕倒在地……

黑马公司的灭顶之灾

亦舒清醒之后，不顾一切地赶到公安局，一番打听，才知道这个案子已经交给了刑侦处的科长刘刚，她就又直接找到了刘刚的办公室，追问秦长风到底犯了什么罪，刘刚轻轻对亦舒说了两个字，亦舒一听，顿时如五雷轰顶，她哭着说："什么？强奸？不会的，你们一定是搞错了，长风绝对不会做那种伤天害理的事！"

刘刚为难地说:"我们看的是证据,这里有受害人田冰冰的直接指控,特别是她出示了一件极具说服力的、带有精斑的内裤。"

"一定是有人在陷害他!"亦舒泣不成声,刘刚安慰她说:"我已经安排人带着田冰冰的内裤到北京去作DNA鉴定了,这是本案最有力的证据,只要秦长风问心无愧,三天之后自有公正结果。"

亦舒从公安局回到公司,就像傻了一样呆坐在办公室里,她把唯一的希望寄托在三天后才能出来的DNA鉴定上。屋漏偏逢连夜雨,当天下午,上海信诚公司的传真发到了黑马公司,声称如果黑马公司在七天之内对秦长风一案不能做出一个使他们满意的答复,他们将不再签订合作合同。天哪,如果这样,黑马公司非倒闭不可啊!亦舒再也坐不住了,当天夜里,她直接找到了田冰冰的住处,田冰冰乍一见亦舒,一愣,但随即说道:"你丈夫强奸了我,你还有脸来见我?"亦舒怒视着她,恨声连连地说:"别再演戏了!你说,你这样做到底想得到什么?"田冰冰不乐意了:"什么演戏?你是说我在陷害秦长风啊?"亦舒说:"当然是!"田冰冰一笑:"是不是陷害要看证据,公安局肯定要作DNA鉴定,到时候你就会知道秦长风究竟是个什么样的人了!"说完,她不客气地把亦舒推了出去。

再说刘刚,在等着DNA鉴定结果的这两天里,他一直在认真审阅卷宗。要是从卷宗上看,在田冰冰所在的大杂院里,有五个人都证明他们听到田冰冰多次喊叫"有人强奸",而且他们都是亲眼看到秦长风从田冰冰的房间里冲出来,田冰冰则是"上身露着乳罩,下衣被撕破",这,似乎都能证明秦长风的确对田冰冰实施了强奸。

这一天上午,刘刚独自一人到大杂院去重新查访,他叫房东老李打开了田冰冰的房间。据老李说,田冰冰租房已有一个月的时间,但从没在这儿住过，也从没在这儿吃过，可是，让刘刚不解的是，床头内侧摆放的一个白色的小冰箱的电源指示灯却一直亮着。刘刚走过去，打开冰箱扫了两眼，里面上下两层，什么也没有。老李发起了感慨："有钱人真是，你说她不吃不住买个冰箱啥也不放还通着电，真是烧包儿啊！"刘刚听到这话一愣，盯着那个小冰箱足足看了五分钟，脑海里顿时闪过一个甚至连他自己都不敢相信的侦破思路……

就在刘刚准备实施自己新的侦破思路时，一个沉重的事实从北京传来:经DNA鉴定，田冰冰内裤上的提取物与秦长风的血型99%吻合，也就是说，秦长风的确强暴了田冰冰……

刘刚听到这消息一下子就傻了，但不管怎样，他心里有了底，决定按照自己的思路继续侦查，他再一次到看守所去见了秦长风，问秦长风近期有没有外人去过他家。秦长风说田冰冰去过。刘刚又低声问他"这些年为了事业你一直不要孩子，一定采取避孕措施了吧？"秦长风一愣，点点头。刘刚又问："具体哪种方式？"秦长风看了看旁边的民警，低声说了三个字，刘刚一听，眉头顿时拧成一团。

当天下午，刘刚又带人赶到大杂院。田冰冰不在，刘刚让房东老李打开田冰冰的卧室，对那个小冰箱进行极为仔细的勘查，最后，他在冰箱的制冷层里发现了一小块只有黄豆粒大小、颜色淡到几乎看不出来的污渍！刚提取下来，田冰冰就怒气冲冲地闯了进来，质问刘刚想干什么，刘刚亮了一下搜查证，就在这时，亦舒也追进屋来，刚要和刘刚打招呼，她忽然又一弯腰冲到屋外，呕吐起来，一旁的田冰冰看了幸灾乐祸地说："为秦长风那样的男人累成那样，值吗？"

从大杂院里一出来，刘刚就连夜安排助手带上从冰箱里提取的东西直奔北京，接着，又安排两名女民警，按照他的要求仔细询问了亦舒有关个人生活的细节,甚至是隐私。

再说自从秦长风被关进看守所,公司就关门了,但是,每天都有员工缠住亦舒,要求归还公司刚开办时每人2万元的股金,以及每人1000元的红利。此时的亦舒真是叫天不应,叫地不灵,她只有好言抚慰员工,说秦长风是被人陷害的,公司不会倒闭,到时候一定会如数把钱还上的。

9月24日晚上,亦舒又哭着给刘刚打了一个电话:"刘科长,案情怎么样了,如果长风明天还不能出来,我们的公司就完了,我们的一切也都完了啊……"

刘刚内疚地说:"现在还很难说,不过,如果不出意外,也许明天就会有一个结果,无论如何请你一定要坚持这两天啊!"

9月25日,让亦舒最担心的时候终于到了,这一天上午,黑马公司的大院里乱成一团,被秦长风赶出公司的黄永利竟然领着公司的几十名员工,手里拿着公司当初和他们签订的入股还款计划,围着亦舒讨要股金,共要66万元,天哪……

一个女人的阴谋和另一个女人的真爱

亦舒到哪里去弄这么多钱啊?可一旁的黄永利不依不饶地催逼着:"秦夫人,你光哭有什么用,我们不是来看你哭的!"亦舒擦了一下眼泪,哀求道:"请你们再宽限两天好不好?只要'妙管家'能卖出去,我们一定能还上这笔钱的啊!"

黄永利在一旁继续煽动着:"别光捡好听的说了,秦长风就要判刑了,谁还敢买他的软件?"就在这时,一辆黑色轿车驶进了公司的大院,车门一开,林忠和田冰冰走了下来。林忠连正眼也没瞧亦舒一下,他大声问那些员工:"我是来给你们送钱的,你们要不要啊?"黄永利和好多人一起大喊起来:"要啊,要!"亦舒怒视着林忠:"你……你想干什么?"林忠得意洋洋地说:"你不要误会,我是来给你解围的,你不是没钱退股吗?我们可以做一个交易,当初,我出300万元买'妙管家',可是秦长风不卖,现在嘛,物是人非,我只能出100万,卖不卖啊?"

亦舒坚决地说:"你……你这是落井下石,不卖!"

林忠拉开嗓门叫了起来:"大家都听到了,我想买你们公司的软件,为你们大家筹钱,可是你们的老板娘不干,我帮不了你们啦!"

黄永利鼓动着众人一齐嚷着:"不卖不行!""不卖我们就告公司诈骗!还我们的股金!"

田冰冰冲亦舒一笑;"我劝你还是卖了吧,不然,秦总可是要罪加一等啊!"

面对着眼前不可收拾的局面,亦舒泪如雨下,看来,事情到了这一步,她也只能把丈夫的心血卖掉了啊!亦舒怀着悲愤的心情,低头走进了办公室,林忠和田冰冰相视一笑,随后跟了进去。林忠是有备而来的,他进屋后就拿出了打印好的制式合同和钢笔,往亦舒面前一摆,得意地说:"签字吧,一签字100万就到手了!"

亦舒恨恨地瞪了林忠一眼,颤抖着手提起了笔,她刚要在合同上签上自己的名字,忽然有人大声说道:"先别忙……"几个人回头一看,是刘刚带着几个警察走了进来,田冰冰"嘻嘻"一笑,对刘刚说:"我们谈生意,公安局也要管啊?"

刘刚也是淡淡一笑:"我觉得你们这生意谈得非同一般,所以想管一下。"

田冰冰哼了一声:"你有证据吗?"

刘刚从公文包里拿出一张纸,在田冰冰面前扬了扬,说:"这是我们刚收到的一份DNA鉴定,它的样本是从你的冰箱里提取到的,用它做出的图谱,和用你内裤上所留的秦长风的精斑所做出的图谱完全一致,也就是说,有人在你的冰箱里预先藏了秦长风的精液!"

田冰冰怎么也想不到刘刚会从她的冰箱里去寻找证据,其实,刘刚先是怀疑:以田冰冰的身份,不应该租住在一个杂乱的大院子里,而她之所以要住在那里,就是为了让那些租房的人证明秦长风从她房子里逃出时的情形,田冰冰平时极少在大杂院里吃住,可她的卧室里却又放着一个空冰箱,而且一直通着电源,刘刚曾在调查时听亦舒说过有人偷她家垃圾的事,于是他就对田冰冰住处的冰箱产生了怀疑。

田冰冰沮丧地问:"你又怎么知道冰箱里一定有你想要的东西?"

刘刚轻松地耸了耸肩,说:"一开始我也不敢肯定,但我在调查中知道亦舒曾向你透露过他们夫妻一直避孕的隐私,于是我推测,林忠和你为了达到整垮秦长风的目的,也许就会想方设法搞到秦长风的精液,以此作为诬陷他的证据,而现在天气还比较热,你只好买个冰箱将那东西先冷藏起来,等待时机。"

田冰冰不甘心地说:"你推测得不错,可我还是不明白,我们派人一共在秦家院门外偷过七次垃圾,从中找到了两个使用过的安全套,而我最怕留下痕迹,所以在放进冰箱之前,我对它们的外部都进行了反复冲洗,可以说是天衣无缝,怎么还会有东西漏在冰箱里?"刘刚"哈哈"笑了:"你认为一个女人的阴谋能战胜另外一个女人的真爱吗?"

田冰冰一怔:"你这是什么意思?"

刘刚说:"你那天不是看到过这样一幕:亦舒在呕吐。"

田冰冰瞪大了双眼:"呕吐?是啊……我的天!怎么会这样啊?

不该这样啊，不会这样啊，难道是上天在惩罚我吗……"她说着放声大哭……

事情正是如此：亦舒为了让秦长风拥有一个完整、幸福的家庭，就想要一个孩子，在两个月前，她开始瞒着秦长风在安全套上扎洞，这才使田冰冰的冰箱里留下了犯罪的痕迹，要不，她和林忠的作案真的是天衣无缝了！

刘刚让警察带走了田冰冰和林忠，黄永利一看情势不妙，早已溜了，黑马公司的大院里又恢复了宁静……

当天，秦长风就被释放了。秦长风高兴呀，三喜临门哪，冤案昭雪，一喜；资金到位，二喜；妻子怀孕，三喜。在一个花好月圆的晚上，秦长风请公司的所有员工到市里最大的天鸿酒店赴宴，当晚，公司十有八九的员工全醉了……

（作者：许铭君）
（题图：杨宏富）

铁证·悬案
tiezheng xuanan

凶手的每一个无心之失，都可能成为日后破案的关键证据……

第二张石椅子

有个女孩叫小倩,是一家沐足中心的按摩师,年轻漂亮,嘴又会说,按摩手艺也不错,来这里洗脚的客人都挺喜欢她,经常请她出去吃夜宵,去唱歌,去舞厅。小倩很贪玩,通常都乐意去。这里的 8 号按摩师,也是个女孩,是小倩的好朋友,两人合租一个房住着。8 号常劝小倩少跟客人外出,小倩却不大听。

这天凌晨时分,又有个挺斯文帅气的客人请小倩去丽晶大酒店吃夜宵,小倩答应了。她和那个帅哥来到马路上,帅哥扬手招了一辆刚好驶过来的"面的",两人坐了进去,帅哥对司机说:"丽晶大酒店。"

司机从后视镜里扫了这两人一眼,点点头,开起了车。

小倩一面欣赏着窗外的街景,一面跟帅哥聊天、说笑。突然,小倩发现车子调了个头，拐上了一条偏僻的小道，小倩叫道："司机，走错了吧，丽晶大酒店不走这条路啊！"

这时帅哥露出了狰狞的面孔，一把将小倩摁倒在椅子上，一只手抓住小倩的双手，一只手照准她脑门就是一拳，小倩一下子晕了过去。

当小倩晕晕乎乎地醒来时，发现自己已到了一间空屋子里，手脚被捆了个结实，动弹不得。帅哥和司机两个绑匪见她醒来，便撕开了封住她嘴的胶布。小倩惊恐地说："你们想干什么？"帅哥一边耍弄着一把匕首，一边狞笑着说："不想干什么，只想借点钱花花。不多，四万，一分不少，否则……"帅哥一面说一面把匕首在小倩眼前比划着，小倩颤抖着哀求道："好好，我给你们，求你们放了我。"帅哥一听，便从小倩身上掏出手机，说："够爽快！现在，你马上打电话，叫你的朋友把钱筹齐了，今晚九点整把钱放到江滨公园七孔桥旁第二张石板椅下，收到钱，我们就会放了你！"

小倩没有多想，立刻拨了8号的电话，电话一接通，小倩就哭了起来："呜呜呜，姐啊，我不该不听你的话，我出事了，快救救我……"

8号刚从梦中惊醒，忙问小倩怎么回事，小倩哭着说："我被绑架了，绑匪要四万，你快到我们店里去开我的工衣柜，工衣柜里有一件青色西装，里面藏着三张存折，总共四万，你千万别报警，不然我就没命了……"接着，小倩便说了工衣柜和存折的密码。8号一边答应着，一边哭哭啼啼地说："天哪天哪，怎么会这样？我这就去办，太可怕了！"

小倩交待完交钱的事后，一旁的绑匪就把电话挂断了。

接下来是漫长而又令人焦虑的等待，晚上十点，两个绑匪回来了，笑眯眯地摸了摸小倩的脸，说："还算识相，这回就放过你。"说完，两人就把小倩的眼睛蒙起来，塞进车子里，仍旧开到那条偏僻小道上，把她推下车后扬长而去。小倩把蒙着眼睛的布条解下来，撒腿就跑，四周又黑又静，看不到一个人影，她不知跑了多久，才遇上一辆大货车，好心的司机让小倩上了车，送她回到住地，并帮她报了警。

警察很快来了，一边问话一边做笔录，问完小倩又问8号。

8号说："天亮后，我用小倩的存折，按她说的密码在银行提出了钱，当晚九点准时来到江滨公园，把钱放到了七孔桥旁第二张石椅下面。"

警察说："你确定是放在第二张石椅下面了吗？"

8号说："是的，我仔细看过了，是第二张。"

两个警察对视一眼，其中一个说："现在请你跟我们走一趟，我们怀疑你涉嫌这桩绑架案。"小倩和8号全都目瞪口呆，异口同声地说："为什么？"

一个警察对8号说："不巧得很，江滨公园的石椅因为年久损坏，已于昨天晚上八点前全部搬走，新的椅子还要过几个小时后才运到呢，哪有第二张石椅给你放钱？昨晚九点你和你的同伙根本没到公园里去！"小倩惊骇不已，不敢相信地望着8号："是真的吗？为什么？"

8号含着泪说："你太红了，风头太盛，我怎么也做不过你。我以前是这里的红牌，可是现在，我的老客人都被你抢光了，只要被你按摩过一次，以后就都不找我了，我咽不下这口气，所以就叫我男朋友和我弟弟收拾你一顿。我并不想害你，只是想要你破点财，出点血……"

警察把8号带走了，小倩还愣在原地，像木头人一样，不知所措……

(作者：何德伟)
(题图：安玉民)

谁更聪明

维妮卡是一所语言学校的校长,这些天,她伤透了脑筋,因为她收到一张纸条,上面写着:"这里尽是一些笨蛋,笨蛋教师,笨蛋学生,哈哈,真好笑,还有你这个笨蛋校长!"纸条最后的署名是"聪明小偷"。

真是一个嚣张至极、狂妄透顶的小偷!纸条上的留言看起来莫名其妙,但维妮卡心知肚明,这些天校园里盗窃案件频发,教师办公室多次被盗贼光顾,就连校长室里的收音机和录音机也都被偷了。

看来,这个贼确实有点小聪明,很会钻空子,总是趁着所有教师都在教室上课时撬开门锁,洗劫包括校长室在内的所有办公室,却没被任何人发现。

怎样才能抓住这个可恶的贼呢？也许，戴维斯探长会有什么好主意吧。

戴维斯探长很快来到了学校，他一一勘查了现场，只是说道："先把坏了的门锁换了吧。"

维妮卡说："戴维斯探长，这个我当然知道。"随后，她耐心解释了学校的难处。这是一家语言学校，依靠慈善捐款勉强维持，学生主要由女佣、外来打工者和工人等劳动阶层组成，学校收费低廉，经费紧张，哪经得起小偷接二连三地光顾？

戴维斯耸了耸肩，不置可否地说："也许是哪个学生干的呢？"

维妮卡知道戴维斯探长有很多大案要忙，比如调查谋杀案，抓捕毒贩子之类的，可她对探长的态度仍然有些恼火，她说："也许是，可多半不是。每次失窃都发生在7点至9点之间，7点教师离开办公室去上课，9点下课回办公室。当然，这段时间里学生也都在教室里。"

"那这样吧，"戴维斯探长说道，"我们的办案经费也很有限，我能做的就是派个人，每天在学校走廊里巡逻两个小时。"

"谢了，探长。"维妮卡叹了口气，看来她得自己想办法来抓这个贼了，但愿能在小偷造成严重的后果之前将他抓住。

于是，维妮卡召开了全体教职员工会议，宣布了发生在学校里的失窃事件，她说："小偷多次在我们学校里轻易入室偷盗，然后等到9点下课，从办公室里出来，背着装满赃物的书包，混在下课的老师和四百多名学生中间，旁若无人地走下楼梯，最后大摇大摆地走出校门。所以，我们要么想办法抓住他，要么一直将贵重物品随身带着。"

众人议论纷纷，有人建议将上下课时间错开，这样办公室里就可以总有人在。也有人反对，说这样不行，学生们下课后会赶不上车，上夜班的人会迟到，一些学生还要急着回家照顾小孩子。

大家七嘴八舌的，可谁也拿不出个主意来。突然，维妮卡大脑里灵光一闪，计上心来，有办法了，对，就这么办！一个完美的计划在她心中形成了。不过，这个计划暂时不能泄露给任何一个人，在实施行动之前，谁也不能告诉。

第二天，维妮卡开始疯狂购物，她花了一整天时间，几乎跑遍了她所能找到的所有超市和商店，最后将所购物品分装在20个盒子里，并在每个盒子里都留下一张字条，亲自送到20个教室里，要求教师们在下课前5分钟打开盒子，然后务必不折不扣地按照留言条上所说的去做。

9点差5分，那个"聪明"的小偷从一间办公室里偷了一套昂贵的语言教材，装进书包里，如果遇到需要的人，这绝对能卖出一个好价钱。在这所学校里偷盗简直太顺利了，笨蛋学生，笨蛋教师，笨蛋校长！小偷很是得意，他环顾了一遍办公室，再也找不到什么值钱的东西了，便打算离开这里。这时他心里依然很笃定，像往常一样，逃离这里不费吹灰之力，只要混入那些下课的老师和四百多名学生中间，就可以溜之大吉了。

他打开门，不动声色地走入了从教室出来的学生们中间，突然，他有一种很怪异的感觉，但想不出来究竟是什么地方和平时不同。他开始从楼梯往下走，却发现有人挡在面前，是维妮卡校长和戴维斯探长。

"站住！"戴维斯探长高声喝道，并出示了警官证。

小偷结结巴巴地说："啊，你们怎么、怎么会发现我的？"

这下该轮到维妮卡得意了，她说："看看你的周围吧！"

小偷茫然四顾，他发现周围每个学生头上都戴着一顶帽子，红色或蓝色的绒线帽,只有他光着脑袋,十分扎眼地呆立在那儿。

戴维斯探长微笑着看了维妮卡一眼,赞叹道:"完美的计划,这可真是绝了。"

"这可花了不少钱。"维妮卡说,"不过,比起一次次换门锁,一次次丢东西,还是挺合算的,再说了,这些帽子可真漂亮!"

(编译:方陵生)
(题图:安玉民 梁 丽)

口头禅

　　雪江今年快六十了,在家庭裁判所做家政调解委员。这天,她接了一个离婚调解的案子。提出离婚的是女方,叫好美。她的理由是丈夫酗酒又找第三者,自己跟丈夫的关系越来越冷淡。她好几次提出离婚,但丈夫都不答应,无奈,她只好到这里来调解离婚。

　　雪江看着档案,不禁同情起这个好美来。这时,一个少妇在母亲的陪同下进了办公室,那少妇应该就是好美了。就在这时,雪江发觉自己好像认识这对母女。雪江赶紧打开档案,查了旧姓一栏,确定好美在出嫁跟着老公姓以前,姓时泽。没错!就是她了。

　　按规定,如果遇见熟人,雪江应该提出回避。但今天,她决定装作不认识这母女俩,而且她一改初衷,决定在这个案子上能拖就拖。

谁让这母女俩勾起了雪江的伤心往事呢?原来,这个时泽好美,是雪江女儿的高中同学。雪江的女儿读高中时,本来学上得好好的,可忽然有一天,竟然得了抑郁症,窝在家里决定不去上学了,而且闭口不谈原因。雪江费尽心思,也没能说通女儿,只好接受现实,辞掉了工作每天在家陪着女儿。

过了一段,女儿好不容易愿意出门了。有一天雪江带着女儿逛超市,忽然觉得有人往自己这边看。她扭过头去,发现那边果然有一个高个子女孩,穿的是女儿学校的校服,狠狠地盯着女儿。再看女儿,立刻变得脸色苍白,嘴唇发青,浑身发抖。等雪江再去看那个女孩,人家已经去收款台付款了。收款台那儿还有人等着她,看上去是女孩的妈妈,一看就是有钱人家的太太。

从那天后,女儿又不肯出门了。雪江干脆问女儿:"那个女孩是不是在学校一直欺负你?"谁知女儿嚷道:"别管我!再管我闲事,我就死给你看!"

雪江见没法让女儿开口,只得通过街道委员会打听到,那母女俩姓"时泽",女孩叫好美,跟自己女儿一样,都上高二,是女儿隔壁班的。

回忆到这里,雪江回过神来,看看眼前的时泽母女俩,着装简朴、满脸疲惫。她心里冷笑一声:真是风水轮流转,如今你们也有倒霉的时候。反正你们也没认出我,那我可要给我女儿报仇了。

接着,雪江假装客气地跟时泽介绍调解流程,故意把调解时间说得很长,说起码要调解六次,折腾半年。一听要半年,时泽好美沉不住气了,抱怨道:"半年我等不了,那个人太坏了!我父母和朋友都支持我离婚……"

雪江立刻打断她，严厉地说："你冷静点。这点小事算什么，你就忍着点儿吧。我看了下材料，你跟你丈夫是高中就谈恋爱的吧？"

这话让时泽好美愣了半天，只好慢慢解释说："是的，那人特别难缠，我只好答应。而且只要我一对其他男孩子感兴趣，他就马上大吼大叫，我不知道为这个被他惩罚过多少次了。"

雪江却反驳说："那一定是因为他太喜欢你了。"接着，她又想引导好美多说些高中的事情，好套出她为什么要欺负自己女儿。

可好美却只是列出了一大堆离婚的理由：丈夫对家庭不负责啦、有外遇啦之类。雪江心里想着：得了吧，就你这个德行，多半是自己有外遇了。接着她匆匆送走母女俩，喊进了好美的丈夫。

不过，一看这男人，还真就是个吊儿郎当的花花公子，这么看来好美倒是没说谎话。说到好美，这男人抱怨起来："这娘们儿太烦人了。"

雪江奇怪地问："那你怎么还不同意离婚？是还有感情吗？"只听那男人愤愤地说："哪儿还有什么感情啊？不过要是她一提离婚，我就马上答应，岂不是太没面子了？"

原来这男人果然是个无赖。这一瞬，雪江倒有点同情起好美来，就草草打发走了这个男人。

过了几天，好美第二次来到办公室，雪江却仍然硬起心肠来刁难她，而且心里有种看落水狗的快感。她还雪上加霜地说："看你丈夫的态度，还要牵扯财产和孩子的抚养问题，这事情多半要拖上一年呢。"

好美听了怒道："你开玩笑吧，我可等不了那么久！那么我不调解了，我要直接上法庭打官司离婚！"

雪江似笑非笑地说："真对不起，调解优先你知道吗？如果没有正当理由，我们可不会轻易把这种案子转交到法院。"

最终，好美怒了："凭什么？你把我当傻子啊？"

可雪江却把卷宗往桌上一摔，厉声道："这点小事算什么，你就忍着点儿吧。"又是这么一句话，气得好美哑口无言。

这天晚上，雪江已经出嫁的女儿来电话问好，雪江忍不住跟她提起了好美这个人。她本想跟女儿好好炫耀一番自己报仇的成果，谁知道女儿一听到"好美"这个名字，就大吼道："妈妈！你觉得把自己女儿的幸福给毁了，特别有意思吗？"

雪江简直怀疑自己的耳朵，还没张嘴辩驳，就听女儿又吼道："别管我！再管我的闲事，我死给你看！"这叫声跟高中那会儿一样悲痛。雪江的心猛地抽了一下，自己的女儿究竟跟这个好美有什么纠葛啊？想到这里，雪江心中涌起了一种不祥的预感……

又过了几天，好美又来到雪江的办公室。这次，她似乎变得冷静多了，她对雪江说："那人同意协议离婚了，我是来申请把调解程序改为协议离婚的。"

雪江听了感到有些诧异，接着，她慢吞吞说道："上次我们已经谈过了，你丈夫并无大错……"没等她解释完，好美竟然盯着她的眼睛说道："这次我带来证据！我找人调查了，把和他好上的那个女人找出来了！那女人二十九岁，高中就跟他好过，现在两个人死灰复燃，又搞到一块儿去了！"

雪江也不知为什么，越听越紧张，脱口问道："死灰复燃？那证据呢？"

这时，好美脸上露出了蔑视的笑容，说："证据就在我眼前！"

雪江此刻的心跳到了嗓子眼，可好美手上却什么也没有啊。雪江厉声问道："你什么意思？"

好美直视着雪江的眼睛说："证据在你手上！"

雪江听了，"啊"了一声，一阵沉默之后，好美又开口了："我跟那人中学的时候就好了，高中嘛，我觉得就是牵个手，接个吻什么的，可谁知道那人竟然提出要去开房间。我家教很严，没同意，就在那时候，那个女的出现了，不择手段接近那人，两个人最后还真去开了房！"

听到这里，雪江霍地站起来，喝道："不许胡说八道！"

好美也紧跟着抬起头来，仍然直视着雪江，这眼神，跟当年雪江在超市里见到的一模一样。好美继续滔滔不绝："我没有胡说八道，那女的从中间插了一杠，您说她是不是很卑鄙？但是好在恶有恶报，她居然怀孕了！那人把自己所有的钱都拿出来，求那个女的去堕胎。那女的也真把孩子打掉了，不过从那以后，就再也不来学校了。活该！"

"住口！"雪江听到这儿，忍不住伸手要去扇好美一巴掌，可好美从椅子上跳起来向后退去，边退边说："我撤销调解申请，我要协议离婚！"

没多久，好美顺利离婚了。

这天，雪江来到一家咖啡店坐着发呆。原来好美那天说的那个女孩，正是雪江的女儿。她现在又恨又自责。这时候，咖啡店的门开了，推门进来的正是好美。雪江等着好美走到自己身边，面无表情地说道："今天约你来这里，耽误你了。"说着，她把一个信封推到好美面前，说，"里面是三万日元，请收好。"

原来当年女儿和那男的把钱全都拿出来，也够不上打胎的钱，于是，好美为了把自己的男友重新夺回来，把自己仅有的三万日元全都掏了出来。

好美看见信封，冷冷笑道："我不是已经说过，我不要！"

雪江无力地说道："请务必收下，就当个请求吧。"

看着雪江的样子，好美心中也生出些许同情，勉强收了钱。

只听雪江半天又吐出一句话:"我们之后就没有必要再见面了,可最后,请再回答我一个问题吧——你怎么知道我是她的母亲?"

好美笑了,回忆说:"我逼问过她一次,是不是跟那男的去开房间了?当时她满不在乎地对我说:'这点小事算什么,你就忍着点吧。'把这种事这么轻描淡写就带过去了,哪像一个高中生能说出来的话?所以我印象深刻。你记不记得调解的时候,你也对我说了好几次这句话,我开始是吃了一惊,然后就想起那天在超市里,带她买东西的,正是你。"

说完,好美转身走出了咖啡馆。

(作者:横山秀夫)

(题图:佐　夫)

神秘暗语

汤姆是美国情报部门的负责人,最近一段时间,他和他的部下一直在追踪一起大案。这案子涉及到一个庞大的黑帮,他们贩卖毒品,倒卖军火,还妄图窃取国家机密。黑帮总部建在一个神秘的岛屿上,距离佛罗里达州海岸大概有几百英里。

但是那一带海上有上千个岛屿,还没人知道这个黑帮总部到底设在哪个岛屿上。为了查明它的确切位置,汤姆派出了一位十分能干的特工去潜入黑帮内部,他的名字叫皮特。

聪明的皮特很快就打入了黑帮内部,而且上了他们总部所在的那个岛屿。可就在汤姆焦急地等待皮特消息的时候,他最不愿意看到的一幕发生了,一个星期之后,他的手下从附近一个海湾里打捞出了皮特的尸体。

汤姆得到这个消息心里很不好受，皮特只有29岁，汤姆觉得是自己把他送上了死路……

皮特的尸体很快被空运回来，安放在实验室里，与此同时一起被运来的，还有皮特的一些遗物，它们是在皮特破旧的住所里找到的。

看着皮特，汤姆陷入了沉思：一定是黑帮发现了皮特的真实身份，才对他下此毒手。可皮特死前在那个岛上待了一个星期，他是优秀的特工，这期间，他一定会极力留下一些能隐喻海岛位置的东西。这些东西会是什么呢……

汤姆把目光投到运回来的皮特的遗物上，那是一些已经破旧了的衣服和日用品，好像并没有什么特别。不过，其中一幅古怪的水彩画引起了汤姆的注意，画上有八条颜色不一的绳索，系在一块湿漉漉的岩石上。

汤姆问："这是什么？"实验室的工作人员说："根据对画上颜料成分的分析，这画应该是几天前刚画的。"

汤姆心里一顿：虽然皮特平时对艺术很有造诣，但如此严峻的形势之下，他应该不会还有心思画画，这画真是他画的吗？但如果它真是皮特在上岛之后画的，那么他就很有可能把海岛位置的线索绘制在画里了。

汤姆转过脸又问："你们能确认这就是皮特在这几天画的吗？"

工作人员点点头，说："我们做了专门的鉴定，它确实出自皮特之手，而且作画时间不会超过一周。"

汤姆一听，既然如此，那它里面一定隐含着重要信息，必须要尽快组织力量破解它。

汤姆让实验室工作人员把画拿到摄影室，用紫外线和红外线扫描，可是一个小时过去了，什么也没有发现。汤姆和部下盯着这幅画苦苦思索：这块湿漉漉的石头肯定是象征着海岛，可是这八条颜色不一的绳索代表什么呢？目前世界上通用的密码和暗语，还没有用颜色来表示的。

突然，汤姆灵机一动："我们从左到右，排列出绳子的颜色看看。"

很快，颜色被排出来了，它们分别是：红色、青色、橙色、黑色、青色、蓝色、红色、黄色。汤姆逐一看着，突然叫起来："大家看，每种颜色名称的第一个字母，连起来就是：R—I—O—B—I—B—R—Y。"

一个工作人员说："这不是英语，听起来有点像西班牙语。"汤姆于是便打电话给图书馆，向他们请教。对方说，无论何种语言，都没有这样的单词，佛罗里达海域也没有叫这个名字的岛屿。怎么办？汤姆不甘心，继续对着那些颜色出神：红色、青色、橙色、黑色、青色、蓝色、红色、黄色……

时间一分一秒地过去，密码破译小组已经不停歇地工作了十多个小时，可是破解工作还是没有任何进展。难道这幅画里根本就没有什么暗藏的秘密？

汤姆怎么也不相信这样的结果，他满腹狐疑地看了一眼他的部下，说："或许，我们没把颜色认准？"

汤姆的这些部下此刻的心情其实和汤姆一样，他们不信皮特会不留给他们哪怕是一丁点儿的信息，可眼下实在又无从找起。

这时候，实验室里的一个工作人员对汤姆说："我们能不能再从其他方向找找？单从这幅画的颜色来看，我觉得几乎已经不可能了，因为这些颜色都很简单，它们其实就是光谱中的七种颜色……"

汤姆听工作人员说到这儿，脑子里突然闪过一丝灵光，他猛地一捶桌子："对啊，我们怎么就没有想到光谱呢？光谱有七种颜色，加上黑色和白色，那就是九种。如果我没猜错，这幅画已经告诉我们该从哪儿下手了！"

两天后，海岸护卫队的汽艇乘风破浪，向着距离佛罗里达海岸一百英里外的一个小岛进发，护卫队指挥员对汤姆说："小岛马上就会被我们包围，希望这就是我们一直要找的地方。"

汤姆点点头，坚定地说："一定是的，皮特的画就是地图！皮特不能说得太清楚，但又想让我们明白他的意思，这才动脑筋画了这幅画。你想，光谱由七种颜色组成，赤、橙、黄、绿、蓝、青、紫，如果将黑色放在首位，把白色放在末位，这样每个颜色就都能代表一个数字，比如，黑为1、红为2、橙为3……以此类推，白为9。"

指挥员说："可没什么能代表0呀？"

汤姆指着皮特画上的那八根绳索，给指挥员解释说："标示这个海岛位置不需要0。你看，这八根绳索，红、青、橙、黑、青、蓝、红、黄，如果按着刚才每个颜色对应的数字，它代表的数字就是：27317624。"

"27317624？"指挥员心里一顿，问他的助手，"我们现在在什么位置？"助手大声回答："报告长官，北纬27.31，西经76.24。"

几天后，电视上播出了这样一则消息：联邦调查局在距离佛罗里达海岸一百英里一个大西洋小岛上，顺利摧毁了一个庞大的黑帮组织，逮获男女成员84名……

（改编：何 君）
（题图：安玉民 梁 丽）

一块砖头引发的血案

林伟是市公安局刑警队的副队长,由于他的思维敏捷,观察力敏锐,连破了几个大案。这天,林伟接到一通报警电话,说三台路发生了一起命案,他立刻赶往案发现场。

据现场了解,受害人叫于茂刚,是市内某家医院的内科医生。他的后脑有很明显的致命创伤,初步判断,他是被砖头类的东西敲击致死。

林伟首先对于茂刚生前工作的医院进行调查,据医院领导反映:于茂刚是一位优秀的医生,没有复杂的人际关系。

林伟问:"会不会因为医患纠纷,或者医疗事故纠纷而导致报复?"

医院领导说:"我们医院是发生过一起医疗事故。几个月前,有一个女患者,因为阑尾炎发作,送到医院来,本来这只是一个小手术,也不存在什么伤亡的可能,问题是,在手术过程中,那名女患者突然死亡了。患者的家属立即怀疑是医院的问题,跑到医院来大吵大闹。"

医院领导接着说:"院方对女患者做了尸检,怀疑她是体质异常而死,但至今还查不出真相,所以我们还是赔偿了死者家属不少费用,才把这事平息下来。而于茂刚,后来就一直在探求这方面的原因,想查出女患者的真正死因,他不想背负着一个杀手医生的罪名,但是,他还没来得及调查出结果,人已经死于非命了……"

林伟专门对这起医疗事故进行了调查,也没查出异常,死者家属拿到赔偿后,也就罢休了,因此,不存在家属报复的可能性。之后,林伟把于茂刚周遭的关系调查了一遍,基本排除情杀、仇杀的可能。

林伟陷入了困惑中,他现在只能从案发地点入手了。林伟想到案发地点附近最知名的单位,莫过于青山医院,青山医院是市精神病院,而青山医院北面在修一座职工宿舍楼,建筑材料堆放在工地上。于茂刚死于砖头袭击,现在物证还不知下落,但显然,很可能就是来自于工地。

林伟有一个推测,只是感觉太过荒唐了,那就是——一个精神病人从医院里跑出来,无意识地杀害了于茂刚。现在无论如何,只能从现场的蛛丝马迹进行调查了,当然,精神病院也纳入了调查范围。

第二天,刑警小余从青山医院回来,对林伟说:"我到医院时,觉得很奇怪,由于我穿着警服去的,护士们见了我就下意识地躲开了,我要求见他们院长,护士说院长出差了,刚走,还说要很久才回来。这未免也太巧了吧,刚在他们医院外面出了人命,院长就出差了?"

林伟心里不由得一动,他带上小余再次去了精神病院,不过,这次他们穿的是便服。他谎称是熟人推荐,找院长有急事,很快有人把他们带去了院长办公室。

见了院长,林伟亮出了真实身份,院长大吃一惊,无奈之下,不得不说出实情:案发那天晚上,值班的护士发现5号病人和8号病人失踪了,几个小时后,那两个病人又回到了医院。只是,当他们出现后,护士发现,在药品库房里,有沾满血的鞋印,鞋印一直延伸到了走廊上。医院员工立刻查了住院区,发现5号病人的被子下放了一块砖头,上面居然还有明显的血迹。

林伟皱了皱眉,问:"那你之前为什么要回避我们呢?"

院长擦了擦头上的冷汗:"我听说出了命案,又想到案发当晚医院的情况,猜想很有可能就是医院的病人干的。虽然说精神病人杀人不犯法,但是,作为医院,有缺乏监管的责任,我是怕自己被牵连,干脆让人把5号病人床上的砖头扔了,床单也换过了,还把库房到走廊的血迹也拖干净了。然后吩咐员工,只要有警察找上来,都称自己出差了……"

林伟气不打一处来,问:"你让谁把砖头扔了?扔在哪儿了?"

"让李护士扔的!"院长叫来了李护士,李护士说她直接把砖头扔在病理科后面的草坪里了。林伟让她带路去找砖头。

草坪上有很多废弃用品,林伟他们找了很久,根本就没有李护士所说的那块砖头。李护士还在不可思议地挠头皮:"怎么会这样?我确实是丢在了这里的。"

林伟想:这里是精神病院,随便来个病人就可能把砖头拿走,于是他让李护士带路去5号病人的病房。

来到病房,李护士指了指靠窗的一个铺位,说那就是5号的床位。林伟来到床位前,仔细查看,当他掀开被子时,一块砖头赫然出现在他的面前，上面的血迹已经干了。

李护士惊叫起来："怎么会这样？我明明把这砖头丢到了草坪里的，而且今天早上，我还给这个床铺叠过被子，没发现什么砖头，怎么现在砖头又回来了呢？"

林伟思索着:看样子，李护士不像在说谎，有可能是5号病人杀了人，把砖头拿回来，后来看到李护士把砖头扔了，又把砖头重新找了回来放在被子下，他有精神方面疾病，做出再离奇的举动，也是正常的……

林伟让小余把砖头包了起来，随后又去了库房取样，最后去隔离间看了5号和8号病人。

林伟发现，8号病人一直坐在墙角，也不抬头看他们。他的头发又油又脏，还有不少头皮屑，而5号病人，一见到林伟，原本涣散的眼神，突然亮了起来，并朝林伟扑了过来，还大叫着："涨了……涨了……"林伟注意到，5号病人手上有拉扯的痕迹。

回到局里，林伟把证物交给了鉴定科检验，然后认真地看着两个精神病人的资料。

8号病人，名叫袁内明，家里有老母亲，还有个妹妹，已经出嫁了，叫袁娟。林伟看到这个名字，觉得有些熟悉，但又想不起哪里不对劲，他想可能因为这个名字过于普遍了，于是接着往下看。袁内明的公司破产后，他精神上受不了刺激，他的母亲只得把他送往精神病院，而当时他一再咬定自己没有精神病，但据他平时生活中的表现，还是被断定有轻微的精神分裂症，治疗半年就出院了。就在半个月前，他再次入院。

而5号精神病人，叫王科，因为炒股失败，欠下了巨额债款。这些年一直待在精神病院，他的反应尤为奇怪，看到红色就兴奋、狂躁，医生判定与股票红盘有关。林伟想起刚才在精神病院，他恰好穿了一件红色T恤，怪不得王科要向他扑过来。

林伟在思考的时候，小余已经把鉴定结果送过来了，鉴定显示：砖头上的血确实是于茂刚的，库房里的指纹与王科完全吻合，此外，王科的鞋底还沾有于茂刚的血迹。

小余说："一切的证据都表明，王科就是这起案件的凶手。"

可林伟老觉得哪里不对劲，他若有所思地说："你不觉得奇怪吗？王科专程跑到三百米外的工地上捡砖头，当时工地上住着不少民工，他为什么不敲击别人，恰好只对于茂刚？"林伟接着说："如果是攻击头部，按常理，受害者脑皮层的血管隔着相对厚的头皮和头发，血是不会一瞬间溅开的，更不可能溅在鞋底上。那么，鞋底沾上的血怎么解释？"

小余说："可能是在于茂刚死后，从头部流到地上的血，不慎让凶手的鞋子给沾上了。"

林伟顺着他的话说："但是从重创到血流出来，这个过程需要一定的时间，应该是30秒到一分钟左右，凶手完全有时间逃离现场，而他的鞋底却沾上了，这说明了什么？还有，王科把于茂刚杀害了，看到红色的血迹却没有引发狂躁症，他是怎么无声无息地从现场消失了呢？"

小余陷入了困惑中。林伟推测说："这不是一起简单的精神病人无意识致人死亡的案件，整个作案过程显得那么有条不紊，一个精神病人能做得这么完美吗？"林伟一时苦恼起来，他感觉案子似乎要陷入死胡同，因为许多证据都被那院长给清理掉了。

这时，于茂刚的单位来了电话，让警察去医院一趟。林伟赶了过去，医院领导拿出一叠单据来，说是现在发现，于茂刚所调查的那个死亡女患者除了有阑尾炎外，肾脏功能特别差。她临死前，身体里有一些胆盐、胆酸等有毒物质。应该是这些物质引发她中毒，诱发了肾功能衰竭而死亡的。林伟看着资料,才注意到死者名叫袁娟,他突然明白了,为什么"袁娟"这名字让他感到熟悉。

同时,鉴定科又有新的检验结果。在库房里取到了王科的指纹,而更令人惊讶的是,在取证物中,还发现了一个人的头皮屑,这个人就是袁内明!

林伟的大脑飞速运转着,立即作出判断,马上让小余去医院,暗中监视袁内明,就在当天下午,袁内明就露馅了,小余在他身上查到了偷配的库房钥匙。

袁内明被带到了警局,他一直装疯卖傻,林伟拿出钥匙,问他:"这钥匙在哪里配的?一个精神病人,会懂得跑出去私配医院的库房钥匙?"

袁内明愣住了,他问:"你怎么会查到我身上的?"

林伟说:"我查了你的家庭资料,你的妹妹叫袁娟,而袁娟不就是死在于茂刚手下的那个女患者吗?"

林伟继续说:"砖头是你早就准备好了的吧?那天晚上,你先把王科连哄带拉地拖到了库房,脱了他的鞋子,自己穿上,把他锁在库房里,再跑出医院,把于茂刚杀害了,你故意踩上于茂刚的血迹,回到库房,再换回了自己的鞋。把沾血的鞋子给王科穿上,再把他放出来,然后把砖头也放在他的被子下了。也因为这样,王科的手腕和脖子上留下了拉扯的痕迹。当然,这一切是你戴上手套做的,你的目的就是让我们以为,是王科精神病发作,杀害了一个过路人。你确实做得很高明,但你忘了一点,你不爱洗头,头皮屑又多,很容易掉落,这就把你的证据给留下来了。"

铁证如山,袁内明不得不承认是他谋害了于茂刚。因为他妹妹就死在于茂刚的手里,妹夫拿了巨额的赔偿金,一条命换一笔钱,自在乐意，根本不想节外生枝，可他忿忿不平，他不想妹妹就这样冤死，于是设计了一个报复计划……

林伟想了想，说："医院已经查出，根本就不是于茂刚害的你妹妹，你妹妹生前是不是服过蛇胆？"

袁内明愕然了，说："妹妹的肝脏一直不太好，上次我高价买了蛇胆，给妹妹服用。"

林伟忍不住说："你妹妹是被你害死的，是生吃蛇胆而致命的。完整的蛇胆，会促进肠胃道对胆汁的吸收，而蛇胆中含有很多有毒物质，生服蛇胆会加剧毒性，产生副作用。"林伟把于茂刚的调查结果给袁内明看。

袁内明恍然大悟，他不由得捂脸痛哭起来，不知道是因为自己的无知害死了妹妹，还是谋害了于医生，或许二者兼有！

(作者：黄　云)
(题图：谭海彦)

致命三分钟

这天深夜十一点多,报警中心的值班人员接到一个求助电话,一个年轻男子说,他不小心开车撞了人。

五分钟后,救护车到达了现场。救护人员下车后,见一个胖胖的男人倒在地上,边上停着一辆小汽车,一个瘦小的年轻男子正站在车旁,想必就是肇事者了。救护人员向躺在地上的男人走去——只见他的头被压扁了,鲜血流了一地,早已断了气。

见此情景,一同赶来的交警开始询问肇事者。肇事者脸色苍白,结结巴巴地说他叫津川,三十八岁,是个销售员。说起事发时的情况,津川似乎还没从惊吓中回过神来,他颤声说:"我开车过来时,那人就躺在马路上,像死了一样一动不动,等我看到,已经来不及刹车了……"

交警皱了皱眉,正要继续询问,这时,传来一个女人的尖叫声:"啊,出车祸了……"只见一个三十来岁的女人朝这儿跑过来。

两名救护人员已经将死者放上了担架,一听到女人的叫声,又停了下来。女人走过来呆呆地看着担架,突然跪在地上痛哭起来。救护人员同情地问:"这位是你的丈夫?"

女人抽泣着说:"是我丈夫,他说去自动售货机买包烟,可半天还没回来。我听到救护车的鸣笛声,就赶快出来看看,没想到……"

交警见状,就朝女人走过去,问:"你丈夫是什么时候出门的?"

女人说,自己就住在几百米外的小区里,丈夫是十一点半出门的。交警想,从小区走到这里的马路上,大概要五分钟,这和肇事者津川轧了人后马上报警的十一点三十八分倒是一致的,于是交警又问女人:"你丈夫出门前喝酒了吗?你知道有什么原因会使他突然躺倒在马路上吗?"接着把事发经过告诉了女人。

女人听后,立刻死死地瞪着津川,津川惊慌地辩解道:"我开车过来时,您丈夫已经躺在……"

女人愤怒地喊道:"胡说八道!精精神神出门的人,怎么会说倒下就倒下了?是你杀死了我丈夫!"

这下警察也没辙了,为了搞清死者的真实死因,警察局让法医北坂满平负责尸体解剖。北坂满平四十五岁,慈眉善目,是个热心人。在尸检方面他经验丰富,是公认的专家。

解剖前,北坂满平找到负责此案的警察了解情况。警察告诉他,此案的关键在于,要查出死者是否在车祸前已躺倒街头。北坂满平想了想,说:"会不会死者得了什么急病倒在地上?他有心脏病吗?"

对北坂满平的问话，警察有些得意地点了点头："为了慎重起见，我向死者的妻子富士子询问了，我感到她犹豫了一下。后来我再三追问，她才承认她丈夫有心肌梗塞的病史。"

北坂满平听后点了点头："知道了，明天就进行尸体解剖。"

然而还没等到明天，北坂满平的办公室里就先后迎来了两位不速之客。第一位进门的是个瘦小的年轻男人，他就是车祸的肇事者津川。

津川进门后一脸紧张的样子，北坂满平问他找自己有什么事吗，津川突然深深鞠了一躬，说："我想对先生说一句真话：死者当时真的躺在地上，肯定是心脏病发作死了。"

津川热切地看着北坂满平，继续说："如果能证明他死于心脏病，我就什么罪都没有了，不然我将被定为过失致死罪，死者的遗属会向我索取赔偿的。可我没有钱啊，如果从我微薄的工资里扣除，恐怕要扣上一辈子，这样一来，我的一生就完了！"

津川说着又朝北坂满平靠近了几步："这关系到我的一生，先生一定要认真处理……我只求求您了！"说完又深深地鞠了一躬。

津川走后不久，死者的遗孀富士子也来拜访北坂满平了。她两眼红肿，边哭边告诉北坂满平，她丈夫去世前买了一种保险，如果病故可以得到三千万日元保险金；而如果死于意外伤害，当然也包括交通事故，那就能得到九千万日元。听到这里，北坂满平明白了对方上门的真正意图。

富士子的眼睛里满是泪水，说："先夫为了保障我以后的生活，才在生前投了这么高的险额……所以，如果能证明他被津川的车轧到时还活着，就可以获得三倍的保险金。先生，请您公正地证明吧！"

北坂满平叹了一口气，一天之内，他听到了来自肇事者和受害者双方不同立场的"求情"……

第二天,北坂满平进行了法医学解剖,可让他失望的是,根据解剖结果,并不能判断出死因是心肌梗塞还是车祸。不过,他发现了一个不同寻常的地方——死者血液中检测出一种成分,叫做洋地黄,而且含量特别高。这是怎么回事?北坂满平知道,有些治心脏病的药物里含有洋地黄,只要不超量,药物对心脏是有好处的,可是万一服过了量,洋地黄反而会诱发心脏病。死者血液里的洋地黄含量已经达到了饱和状态,这是十分危险的,在这种情况下,只要死者稍微运动一下,很可能在几分钟里就诱发心脏病!一般来说,心脏病人都知道这一常识,死者为什么服过量了呢?难道仅仅是因为不小心?北坂满平决定要搞清楚。

他向负责此案的警察要来了死者生前的医生的电话。那位医生接到电话,听说自己病人血液里的洋地黄含量那么高,也十分惊讶:"什么?他怎么会服用了这么多药呢?我提醒过他好几次,对他夫人也讲过,这种药能治病也能要命,他们都说记住了啊……"

打完电话,北坂满平陷入了沉思:津川的车轧到死者时,他是活着还是已经死了?死者生前服药过量,严重的发作可在三分钟内致死。从死者离家时推算,早已超过了三分钟,那心脏病到底是何时发作的呢?

这三分钟的戏剧性变化,对肇事者和遗孀来说,结果大不一样……事到如今,只好把所有情况上报了。警察听了北坂满平的报告,又告诉了他一个新情况——最近他们一直在调查死者身边的人,想了解一下死者最近的健康状况。死者的几个同事反映,死者夫妇之间的关系并不好。死者的妒忌心特别重,有几次因为太太和别的男人交往,对她大打出手。

北坂满平心中一动:"和别的男人交往?"

警察点点头说:"是呀,我们决定彻底了解一下富士子的人际关系。刚才听您说,死者有洋地黄超量的迹象,这样一来,说不定是他夫人故意在饭里加了药物,让他超量服用呢!"

可是,调查展开了几个星期,警方还是一无所获,虽然他们在富士子家附近进行了监视,但既没有发现她外出与什么男人约会,也没有任何证据能证明富士子故意给丈夫多服了药;更糟糕的是,富士子几乎每天都给津川的公寓打去诅咒和威胁的电话,非要津川承认是他轧死了自己的丈夫。津川向警方报告说他已经神经衰弱了,要求警方出面阻止。不得已,警方只好停止了调查,让北坂满平出具最后的鉴定书。

这下,北坂满平可遇到了职业生涯中的大难题:津川轧着了死者肯定是事实,但先轧还是先死……从解剖的结果来看,无法确认哪一个在先。经过反复周密地研究后,最终,他写出了这样一份鉴定书——

"死者在被汽车轧着时,津川证明说他已经躺在了公路上。死者血液中洋地黄类物质已达到饱和状态。综合以上情况可以推断:死者离开家后,由于室外天气寒冷,他小跑驱赶风寒,不料引起心脏病发作,倒在了地上。此时正好津川驾车通过,车轧过其头部致使其当即死亡。"

这样一来,津川的责任就很小了。因为现场光线阴暗,死者又穿黑色衣服倒在地上,要司机及时观察到这种情况很困难,这样,就不好判津川有罪,当然也就免除了大部分的赔偿责任。而在死者的人寿保险方面,保险公司会考虑支付介于病故和意外死亡的中间额给富士子,以前有过这样的例子。

可以说,这份鉴定书充分考虑到了双方的"求情",可谓皆大欢喜。不过,北坂满平却没有以往完成工作后的欣慰感,心里总有些空落落的。不知为什么,他脑海里总也拂不去死者的面容,死者似乎总在瞪着自己,想诉说什么。

很快半年过去了,这天,北坂满平去参加一个聚会。他刚在停车场下车,突然看到从另一辆车上下来了一位身穿碎花裙的少妇。少妇走到饭店门口时,北坂满平正好看到了她的侧脸,他不禁轻轻地"啊"了一声——这位秀丽的少妇正是富士子。

富士子今天看上去神采奕奕,容光焕发。北坂满平抑制不住好奇心,跟着她进了饭店。饭店内光线昏暗,只见富士子来到一张双人餐桌旁,一个男人已经等在那里了。北坂满平找了个角落悄悄坐下,漫不经心地看了那男人一眼。他的记忆中,渐渐浮现出一个人的面容,那是在自己的办公室,这个男人曾深深地鞠躬求情……不错,坐在富士子对面的,正是肇事者津川!

这时,两人的对话不断传入了北坂满平的耳中,富士子对津川诉说道:"半年没见面了,我想你都想疯了!"

"我也是,不过已经不要紧了,警察也死心了!"

"是啊,我和你的日常生活一点联系都没有,我们只要慎重见面,他们要查出来比登天还难!"

"太好了,下星期我打算乘特快卧铺回一趟老家福冈,你也和我一块儿去吧?这次我们可以堂堂正正地睡在一个车厢里了……"

听到这里,北坂满平站起身来,走到饭店外,拨通了警署的电话。幸好,负责此案的警察在办公室,北坂满平简洁地将情况说明了。警察听后沉默了片刻,道:"我们会秘密跟随他们两人,此案将作为谋杀案重新进行调查……"

北坂满平点头道:"也许富士子平时就偷偷地给丈夫多放洋地黄类药物,在这种状态下再让津川开车轧死他。因为不知道他们两人的真实关系，事件的焦点就被转移到了是心肌梗塞还是被轧死的争论上。两人像仇人一样针尖对麦芒，又都来向我'求情'，富士子给津川打骚扰电话，都是为了加重这一误导。请务必抓住他们在事故之前交往的证据，给他们的罪行立案！"

说完，北坂满平挂断了电话，朝餐厅走去。这时，死者的面容又浮现在他的脑海中，不过这次死者没有像以前那样瞪着他，北坂满平的心中又感到了以往工作完毕时那种深深的欣慰。

(改编：顾　诗)
(题图：佐　夫)

摩崖天书之谜

婚礼上来了不速之客

新郎汪鸿和新娘许燕艳的婚礼在本市最豪华的金星大酒店举行，前来贺喜的宾客，除了新人工作单位考古研究所的领导和他们的亲朋好友外，还有不少是学术界的老教授和老专家。这些老人不顾年迈体弱，赶来参加一对年轻人的婚礼，眼下着实少见。新人到底有什么魅力，能吸引这么多名流前来捧场呢？这似乎可以从嘉宾们投向新人赞许的目光中找到答案。

原来，新郎汪鸿不久前刚出版了一部学术著作《听我说天书》，以无可争辩的科学事实，破译了困扰学界近百年的摩崖天书之谜，所以书一问世便立即轰动了海内外。人们不仅从书中读到汪鸿惊人的探索成果，更读出了一个年轻学人潜心钻研学问的艰难历程。

新娘许燕艳的美丽让每一个来宾赞叹不已，而她的身世更为她的美丽锦上添花,著名的考古学家许煌就是她的父亲。许燕艳年幼时母亲就病逝了,所以她对父亲许煌的感情特别深,但不幸的是许煌在一年前的一次考察中神秘失踪了,研究所当时曾不惜一切代价组织人力寻找,但没有任何线索,后来随着时间的推移,觉得老人生还的可能性越来越小,于是只能认为他已经死亡。许燕艳后来在整理父亲遗物时,发现了一封父亲留下的遗书,父亲在遗书中对许燕艳说:"干爸爸这个工作难免出现意外,一旦爸爸走了,女儿你一定要督促汪鸿完成我未竟的事业。当然,假如你不喜欢汪鸿,我也只能说遗憾了,但爸爸相信他是爱你的……"父亲失踪后,许燕艳一度精神几近崩溃,比她大八岁的汪鸿就像父亲一样照顾她,陪她度过了这段最痛苦的日子。

现在,这一对年轻人终于结成了夫妻,所有来贺喜的宾客都由衷地为他们高兴,这不但了却了许煌的心愿,而且他们也真可谓是郎才女貌啊!

婚礼在热烈的气氛中进行着,当主持人宣布"下面由新人致答词"时,只见新郎汪鸿手捧着他的那本专著,话没开口喉咙已经哽咽了。他感慨地说:"今天是我和燕艳大喜的日子,遗憾的是我敬爱的导师,不,我亲爱的父亲,我尊崇的考古学前辈许煌先生,已经不在人世了……我生命中的每一点成就,都离不开先生的教诲,都是先生的光荣,我将会永远用谦虚严谨的治学态度,用奋斗不息的刻苦精神,来怀念我的先生!"说到这里,他紧紧搂过站在一边的许燕艳,接着对大家说,"我向先生的在天之灵和所有来宾们保证:我将永远不辜负先生的嘱托,我会和燕艳相爱一生!"

"哗!"掌声如雷,全场来宾都不由自主地用感动的泪花为这对新人祝福。

可就在这时候，突然从外面冲进来一个人，衣衫穿得破旧不说，脸上的神情显得非常激动，指着新郎汪鸿大喊："骗子，你这个大骗子，你是杀人犯！"

突如其来的变故，让全场人愕然。这人什么来路？他的话是什么意思？听他口音，看他装束，好像不是本地人，他怎么进来的？干吗要搅这对新人的婚礼？

大家还在发愣的当口，只见"呼啦"一声，酒店老总带着保安冲了进来，没等那人再叫喊，保安就已经将他摁倒在地，反剪着双手把他推了出去。

酒店老总诚惶诚恐地给大家解释说："这乡下人是给我们酒店送菜的，可能神经不太正常……实在对不起各位，请大家多多包涵，多多包涵！"

掉过头来，老总又一再给新郎新娘赔不是。可大家发现，新郎新娘的脸色都已经变得煞白。是啊，谁遇上了这种倒霉事，都会被彻底扫了兴致！

主持人一看急了，再三努力，但厅堂里的气氛再也热烈不起来了。

盗墓贼破译血写"天书"

搅了婚礼的这个乡下人叫麻五，确实是给金星大酒店送菜的，但酒店老总小看他了，以为他乱冲乱喊神经不正常，却不知道他绝对是有备而来。

麻五家在距本市千里之外的西北牛耳山腹地，他很小就听老人们说起过，寨子后面的崖壁上有古时候留下来的洞穴墓，类似名闻遐迩的三峡悬棺。麻五出外打工的时候曾跟着人干过几次盗墓的营生，知道这活儿来钱，可盗祖宗坟墓是最令人不耻的，于是他想到了去盗后山那些穴墓。

那天夜晚，麻五一个人带上工具，趁着月色，悄悄上了后山。攀崖附壁对麻五来说根本不在话下，他一气就光顾了三个墓洞，但失望得很，里面除了枯骨没有任何东西。倒是在第三个墓洞里，石壁上那些稀奇古怪的图画，着实把他吓了一跳。他吐了口唾沫，正要掉头离开，忽然心里一惊：从手电筒划过的亮光一闪之际，他感觉这个洞壁深处好像还有一个洞口。莫非这里真有名堂？麻五不由兴奋起来。

麻五弓身近前，一看，果然，这里有被撬挖过的痕迹，两个相连的洞口被人用石块给封住了。难道里面真的藏着宝物？他只怪自己来晚了一步，迅速撬开封住洞口的石块，一边打着手电筒，一边探身摸了进去。

一股刺鼻的异味迎面扑来，麻五顿时觉得五脏六腑都要吐出来了。清醒片刻，他一手捂住口鼻，一手打着手电，继续朝前挪步。里面其实是一个更大的洞穴，但麻五才走了没几步，就觉得脚下踩上了什么东西，用手电一照，吓得一屁股跌坐在地上：妈呀，是一具赤身裸体的尸体！

老半天，麻五才缓过神来，想赶快回去，可舍不得就此歇手，说不定洞里真有油水可捞。他犹豫片刻，索性走出石洞，在洞口边坐到大天亮，然后用树叶上的露水好好擦了把脸，让自己彻底清醒过来，再重新壮起胆子摸进洞去。

再次进洞，麻五对洞里的地形已经心中有了数，所以胆子大了许多。但一圈转下来，除了那具尸体，他什么都没有看到。捶胸顿足埋怨自己来晚一步的同时，他心里便胡乱猜测起来：死的这个人一定是被同伙杀死的，要不然，为什么洞里会什么东西都没有呢？这种地方没人会想到要来，除非和自己一样是干这营生的。

麻五一面这样猜测着，一面就打量起眼前这具尸体来。他发现，死者其实是一位头发花白的老头子，虽然尸体有些风干发黑，但从他那细长的手指脚板上看，根本不像是干盗墓这行的。麻五不觉多了一个心眼来：既然不是干自己这行的，那么这极有可能是一起凶杀案。对呀，杀他的人杀了也就杀了，但为什么杀人之后还要把他身上的衣服都剥了去呢？而且刚才在洞里转的时候，也没看到这些被剥下的衣物。

正疑惑间，麻五猛地发现死者旁边洞壁的下方，有几个笔迹模糊的字，看上去暗红的颜色，好像是用血写成的。打着手电细一辨认：前面是一个大大的"杀"字，后面是一串数字，再后面的一个字就很难辨认了，特别模糊。

麻五盯着这几个字看了半天，又用手电仔细照看着死者，发现他的脑袋上有好几个窟窿，很明显是被石块敲砸留下的。麻五断定：石壁上的这几个字一定是这人留下的。临死之前他挣扎着写下这些字，一定是想要对别人交代什么……

别看麻五长得不咋样，可平时在寨子里也是个能人。此刻，他的能劲儿就充分显示出来了，他虽然一时猜不出这些字的意思，但却用刀把它们依样画葫芦地刻在了自己随身带着的木棍上。他打算回寨子后去问小学校里的老师。临离开时，麻五将洞口重新用石块封上，牢牢记下了这个墓洞的位置。

回到寨子里，麻五本想立刻就去找老师，可见了老师怎么说呢？老师肯定要问你在哪里碰到这个事，总不能说自己是去盗墓的吧？寨子里的人知道了，就是不把你赶出去，子孙后代也直不起脊梁做人。没办法，麻五只好忍住不开口，自己一有空就对着那根木棍细细琢磨。

毕竟麻五脑子不赖，琢磨了几天，倒也被他理出个大概来；那串数字可能是个电话号码。而最后那个难辨认的字，可能是"江"字或者"汪"字，写字的人因为没了力气，把字写横了，所以开始一直没有看出究竟来。麻五越来越有了要弄清事情真相的强烈愿望，他分析：前面那个"杀"字，是死者想告诉别人他是被杀的。中间的电话号码，可能是死者家里的，也可能是死者单位的。至于最后那个字，猜来猜去拿不定是一个"江"字还是"汪"字，有两种可能：要么是死者的姓，要么就是杀人凶手的姓了。按说，紧急关头，死者最想留下的，应该是凶手的名字，告诉别人凶手是谁，可以替自己申冤报仇哇！这从道理上说得通。

为了验证自己的分析，麻五到镇上的电话亭里，按照那串数字拨了出去，没想到果然通了，麻五激动得手都有些发抖了。他还没开口，话筒里就传声音过来了："您好，这里是市考古研究所，请问您要哪个部门？"

麻五心里"咯噔"一下子！他盗过墓，知道考古这种单位跟崖壁上的穴墓有关联，一时心里紧张极了，不知怎么说好，愣了半天，结巴了一句："你……你们那里有个……姓江的吗？"

对方回答："对不起，没有。"

"那……有姓汪的吗？"麻五紧张地追着问。

对方说："有啊！他……请问，您是哪一位？有什么事？"

看来这事情有谱了！麻五差点惊叫起来，举着话筒发了呆，下面该说些什么，该怎么说，他还没想好。

只听见对方在电话里"喂喂喂"地叫："请问您找姓汪的同志有什么事？请您不要挂电话！请您不要挂电话！"

麻五感觉对方的声音突然变得紧张焦急起来，他激动得浑身燥热难安，对自己无意中知道了一个秘密而得意起来，觉得自己天生就是能干大事的料。他果断地挂断电话，决定先回寨子去好好盘算盘算，明天自己亲自进城去那个研究所，把事情的来龙去脉弄清楚了，再见机行事，争取这次好好发它一笔财。

可是天不遂人愿，不知是那天在墓洞中受了惊吓，还是回来之后兴奋过头，反正这天晚上麻五整夜没合上眼睛，第二天一早起来就浑身筋骨酸痛，开始发起烧来。而且这一病就病得不轻，医生诊断说，这是急性关节炎发作。后来急性缓解了，转成了慢性，好好坏坏，总也不得劲，医生再三嘱咐不能走远路。等他终于打点好了进城的时候，已经是半年之后了。

牛耳山夜晚令人惊悸

麻五在婚礼上说的那番"疯话"其他人都没往心里去，但却像大山一样横亘在一个人的心头，这个人就是新娘许燕艳。

因为许燕艳不相信，一个神经不太正常的送菜工，会无缘无故地指认汪鸿杀人，所以那天虽然送菜工被架了出去，但他的喊声一直萦绕在耳边，并且立刻想到了自己的父亲。难道……

说实话，许燕艳对父亲的神秘失踪一直备感蹊跷，但她过去从来没有想到过这事情会与汪鸿有关，父亲突然失踪的时候，汪鸿正回老家探亲，他根本没有和父亲同行，不可能和他有什么瓜葛啊。再说，汪鸿后来对她真的是爱抚有加啊！

许燕艳觉得必须找到这个送菜工，才能解开自己心中的谜团。可眼下正是自己和汪鸿的新婚蜜月期,自己怎么能说走就走呢?而且自己脱身而去,必定会引起汪鸿的猜疑,反而对弄清事情真相不利。但不把心头的疙瘩解除,许燕艳对百倍呵护自己的汪鸿又无法给予感情上的回应:倘若躺在身边的人真与父亲的死有关,那冤死父亲的在天之灵怎么能安息啊!

正在许燕艳焦躁难安之际,老天爷把机会送到了她的面前:汪鸿突然接到来自美国一所著名学府的邀请函,邀请他去做学术报告,而且时间非常急迫,数日之后就要成行。许燕艳心里不觉暗自高兴。

出国讲学是许多学者梦寐以求的愿望和荣耀,可出乎许燕艳意料的是,汪鸿接到邀请函。开始还显得非常兴奋,但随即就把它扔到了一边。他对许燕艳说:"你现在就是我的唯一,我哪儿都不想去,我要永远陪伴在你的身边。"

许燕艳劝他说:"两情若是久长时,又岂在朝朝暮暮?这样的机会对你来说,或许只有一次,而我们今后相守的日子却很长……你还是去吧,这也是所里重要的学术交流内容!"

汪鸿闻听,感动得一把将许燕艳搂在怀里:"我的天使,能娶到你真是我一生的幸福啊……"

汪鸿很快成行。等他前脚一走,许燕艳后脚就赶到承办婚礼的金星大酒店,可遗憾的是那个送菜工那天当场就被酒店辞退了。

不过管人事的人告诉她,这个送菜工叫麻五,他们这些人本来就是临时打工的,一会儿给这家酒店送,一会儿给那家饭庄送,根本没有固定的地址。许燕艳一听,发誓一定要把麻五找到,于是就找了一本电话索引本,按着上面提供的线索,一家家酒店奔波寻找起来。

真是皇天不负苦心人,终于有一家饭庄里的一个厨师告诉许燕艳,是有叫麻五的这么一个送菜工。厨师还调侃说:"前天刚有人来打听过他,看样子这小子要出息了!"

许燕艳没心思和厨师扯闲篇,急着追问:"你知道他现在在哪里吗?"

厨师摇摇头:"不知道。"

"他是哪里人?"

"听口音应该是四川吧?对了,有一回他对我说起过,好像是一个叫'牛耳山'的啥地方……"

"牛耳山?"许燕艳当即赶回家,从网上查找到牛耳山的大致位置后,马上就收拾行装出发。她一路找一路问,好不容易找到麻五老家的时候,已经是一个星期以后了。

麻五不在家,昏暗的屋子里,只有一个神情憔悴、衣衫破旧的老妇人躺在床上。老人的地方口音特别重,说了半天,许燕艳才听明白她是麻五的母亲,麻五前天刚回来过,脚一落地又出门了,说是看母亲身体不好,进山给她采药去,到现在还没回来。

许燕艳决定就在这儿等着麻五回来。

等啊等,一直等到天都黑了,还是没有任何动静。不知过了多少时候,正瞌睡着的许燕艳突然被一阵狂躁的狗叫声惊醒,几乎是与此同时,只听"哐当"一声,一个黑影随即从门外倒进屋来,一股血腥气裹着刺骨的山风,扑鼻而来。

黑影痛苦而又轻声地朝老人叫着:"娘,快把门关上!"

老人早已从床上爬了起来,朝黑影扑过去,嘴里喊着:"儿子啊,你怎么啦?"她蹒跚着又从地上站起来,许燕艳赶紧把油灯点亮。这才看清,麻五浑身是血,不禁吓得直打哆嗦。她猜想麻五一定是在采药时不小心跌伤的,于是定了定神,就想上去扶麻五,麻五却"忽"一下就从地上坐了起来,紧握手中的砍刀,瞪着眼睛问:"你是谁?"

许燕艳说:"我就是那天在金星大酒店结婚的新娘,我叫许燕艳,是特地来找你的。"

谁知许燕艳话音刚落,麻五手里的砍刀就"当啷"一声落在了地上,紧张地嗫嚅道:"你……你是和他一起来的?"

许燕艳猛一惊:"谁?你说的……他……是谁?"

麻五话都说不清楚了:"你……他……你丈夫,刚才……我……"

许燕艳愕然:"我丈夫?你看到我丈夫了?不可能吧,他……他在哪里?"

麻五喘着气说:"他可能追我来了……"

正说着,外面狗叫得更响了,麻五一口气吹灭了油灯,黑暗立刻吞噬了整个屋子……

欲望的膨胀总是充满罪恶

许燕艳无论如何也不会想到,其实汪鸿根本没有去国外讲学,所谓的邀请函都是他自己伪造的。因为麻五在婚礼上说的那番"疯话",同样像一座大山,横亘在汪鸿的心头,他一定要腾出身去,用最快的速度找到麻五,然后像杀许煌那样除掉他,否则总有一天,这颗炸弹要炸飞他的"辉煌前程"。

汪鸿本是个集聪明和虚荣于一身的人,报考"历史与考古"专业研究生,无非是考虑这个专业可能竞争对手相对较少,录取的保险系数更大些,自己学成以后找一份好工作就会容易得多。但没想到进校后,他遇到了治学特别严谨,对学生要求特别严格的许煌教授,面对枯燥的专业和铁面严师，原本只想来镀镀金的汪鸿便想打退堂鼓了。正在这时，他偶然在许煌家里见到了许燕艳，美丽的姑娘顿时就让他想入非非。从此，他一改以往的懒散，在许煌面前特别勤奋好学起来，故意带着问题一次次地上门请教，见了许燕艳分外热情讨好。但遗憾的是，许燕艳对汪鸿却一点感觉也没有，这让汪鸿很是沮丧。于是有一次在宴席上，汪鸿借机会半开玩笑地请许煌给他说合，许煌当即说："要想赢得我女儿的心，你一定得在学术上有所建树，否则，你就是搬来金山银海，也没用！"

也许许煌说这话的主要目的，还是为了激励学生在做学问上更加潜心钻研，可是汪鸿却把这话当成了敲开姑娘心扉的法宝，从此他确实在学业上下了很大的功夫，但一直少有惊人的突破。须知，要想在学术上有所建树，谈何容易？汪鸿不由心烦意躁起来。

那一年，许煌带着汪鸿正在攻克一个关于摩崖天书形成和内容破译方面的考古学课题，临近春节的时候，汪鸿回老家探亲去了，许煌在图书馆查阅资料的时候，偶然看到一篇谈风俗民情的文章，里面提到川西北的一处深山有许多崖壁洞穴墓，他估计可能和自己目前正在研究的课题有关，激动得当即就决定赶了去。临走之前，他只是给女儿简单留了个条，说"事情很急，要赶火车，一切待考察回来后再细说"。

许煌去的地方，其实就是麻五的老家牛耳山。到了当地一了解，许煌才发现这里虽然极具考察价值，但山高路险，一个人根本不能开展工作。于是立即抑制不住兴奋地给汪鸿打电话说："你不是一心想有所建树吗？这里是最好的课堂，你赶快过来。"还在电话里详细告诉他具体进川的路线。

汪鸿虽然不太情愿，但为了赢得导师的好感，进而赢得他的女儿，他还是匆匆赶到了牛耳山。两个人进了崖壁洞穴墓,当看到那些壁画时,老教授竟激动得号啕大哭起来!汪鸿马上意识到许煌这一重大发现的研究价值,假如这一独特的发现和研究由自己来进行,那不就一夜成名了吗?身处深山洞穴,一个罪恶的念头便在汪鸿的心里慢慢膨胀起来……

出洞的时候,许煌由于过度兴奋,光顾着和汪鸿说话,没注意脚下的路,一不小心摔了一跤,正好摔在一块尖石头上,人摔晕过去不说,醒来后身子动也不能动了。心怀鬼胎的汪鸿不由心里一阵窃喜,许煌却全然不知,还感慨着对汪鸿说:"我带了这么多学生,你是最幸运的,赶上了这个重大发现。我现在摔成这样,靠自己是走不出去了,你先下山,叫几个当地人来抬我吧!"

汪鸿开始还假心假意地表示要背许煌下山,但越想越觉得这个机会失去了也许就再也遇不到了,于是便什么也不顾了,从地上找了一块石头就狠狠地向许煌的头上砸去。为了不留下任何痕迹,他将许煌砸死之后,剥光了他身上的衣服,收拾了他随身携带的物品,然后用石块将洞门封死,悄悄下了山。他仍然回了自己的老家,虽然心急如焚,想立刻把许煌的研究资料窃为己有,但硬是忍着没有马上回去,一直等探亲假满,才故作轻松地回到所里。

但老天有眼!当汪鸿自以为是地做着这一切的时候,他当然不会想到,他的导师许煌教授其实当时并没有完全死去,许煌醒来后发现汪鸿竟对自己下如此毒手,真是悲愤不已,老人用尽自己最后的力气,支撑着用手指沾着身上的鲜血,在黑暗中摸索着,在石壁上留下了那一行后来被麻五发现的"天书",也为后来揭开这一欺世盗名的凶案提供了重要线索。

再说汪鸿，回到所里之后，表面上拼命为许煌的"神秘失踪"四处奔波寻找，但背地里却悄悄地将他的研究资料，尤其是关于当前的课题研究资料，全部窃走，还模仿许煌的笔迹伪造了一份要许燕艳嫁给他的遗书……当最后研究所的领导对外宣布说，许煌可能是在出去考察的过程中遇了难，汪鸿竟当众声泪俱下地哭喊起来："不，老师他不会遇难的，我就是找到天涯海角，也要把我的老师找回来！"他演的这出对导师痛切思念之情的假戏，当时骗过了很多人的眼睛，更让许燕艳感动不已，在失去父亲的悲伤和孤寂之时，竟一下子对汪鸿有了好印象。

后来，麻五在婚宴上的出现，让汪鸿魂飞魄散。为了抽身寻找麻五并尽快除掉他，汪鸿便对许燕艳谎称去国外讲学，还伪造了相关材料不让她怀疑。随后，他先是在本市寻找麻五，那家饭庄厨师说的那个来找过麻五的人，其实就是汪鸿。汪鸿一听厨师说麻五可能是牛耳山的人，就赶紧寻踪而去。

一路上，汪鸿不敢公开打听麻五家的住址，听人说他好像上了山，会不会是去了那个洞呢？不过让他奇怪的是：即使麻五进过洞，看到过许煌的尸体，怎么就知道许煌是死在自己手里的呢？一定是自己不小心留下了什么蛛丝马迹。汪鸿决定再一次进洞，一定要把当时所有的痕迹都除掉。

由于时间长了，加上当时毕竟杀了人，汪鸿匆匆离开，也没再好好记住洞穴墓的具体位置，所以他在山上找了半天，也没找到那个洞口。

这时候，天已近黄昏。就在他满山乱转的时候，忽然山道上来了一个人，汪鸿吓得连忙朝岩石后面躲。待那人走近，汪鸿一看，不禁心里大声叫"好"。此人正是麻五! 汪鸿悄悄尾随着麻五，果然见麻五是去崖壁洞穴墓，只见他将绳索套在崖壁的树干上，然后抓着它慢慢滑了下去。

汪鸿冷笑一声："你这小子，我看你还逞什么能！"随即就从腰间掏出一把匕首，将绳子割断了一半。他心里早打好了主意：如果是在山里找到麻五，就用这种办法。这样干的好处是，当麻五等会儿往上攀的时候，会因为绳索的慢慢断裂而一直摔到崖底，这样的结果不但是人上不来，而且还能把他摔死。

干完这一切之后，汪鸿便坐下来等着看麻五的好戏。果然，过了没多少时候，绳子就开始动了，每动一下，汪鸿就狂喜一阵……终于，他听到崖下传来麻五的惨叫声。汪鸿得意地站起来，这才打开自己的背包，拿出准备好了的尼龙绳索，找了棵结实的大树，把绳子在树上牢牢打了结，然后抓着它慢慢沿着崖壁滑到洞口，进到洞里。

许煌的尸骨还在老地方，可让汪鸿不解的是，他打着手电在洞里到处寻找自己可能留下的痕迹，可是找来找去却什么也没发现。那么，麻五到底是怎么知道许煌是被自己杀死的呢？一转头，手电光照处，他突然发现了许煌在石壁上留下的"天书"，这不分明是所里的电话号码吗？再细一看，最后那个字，正是自己的姓！

汪鸿顿时吓得失声惊叫起来："天啊！老头子什么时候写的这东西？难道我当时没把他杀死？"

稍稍缓过神来，他又想起自己刚才一下到洞口，因为急于要看许煌到底还在不在，竟然把麻五给忘了。麻五既然已经摔下来，怎么会不见他的人影……汪鸿不敢再想下去了，得赶快找到麻五，否则自己后患无穷。

他跌跌撞撞来到洞口，妈呀，见鬼了，自己刚才滑下来的那根绳子不见了！

汪鸿一下子瘫倒在地上……

崖壁上善恶再次交锋

本来麻五是想用许煌留下的秘密来给自己换一笔钱的，所以他迟迟没有向公安机关报案，而是一面打工给酒家送菜，一面寻找机会想与汪鸿谈条件。那天他在给金星大酒店送菜的时候，偶然看到酒店门口汪鸿和许燕艳婚礼的大红喜帖，和别人不同的是，赴这对新人婚礼的，大都是双鬓染白风度翩翩的老人，听看热闹的人说，他们都是本市考古研究所有名的专家教授。麻五一听"考古研究所"这几个字，立刻想起崖壁穴墓里许煌的尸骨，山里人的本性让麻五顿时怒火冲天，于是就有了贸然闯入婚宴厅堂的一幕。

事后，麻五一想：对啊，空口无凭，说话是得有证据才行啊！于是，他的能劲儿又上来了，一咬牙，从旧货市场买了个傻瓜照相机，决定回老家去，将牛耳山崖壁洞穴墓里的那些证据全拍下来。哼，到时候看你们信不信！所以赶回家后，麻五也没对母亲细说，只推说进山给她采药，就又出了门。

当他后来在洞里拍完照片准备上去的时候，他犯了个错。因为原本按照山里人的习惯，总要先抓住绳索使劲扯几下，看看松动没有，然后才攀绳而上，但那会儿由于心里只顾着激动，竟把这个要紧的动作给忘了。当他登到崖壁一半的位置时，才猛然觉得抓在手里的绳子不得劲，从小在山里长大的他立即屏住呼吸，将身子尽量贴紧崖壁，就在绳子崩断的一瞬间，麻五伸手抓住了崖壁上的一丛蒿草。虽然这丛野蒿草无法承载他一百多斤的重量，但还是救了他的命……他没有摔下崖底，只是摔落在洞口边。

麻五觉得奇怪：好好的麻绳，怎么会突然断得这么快呢？赶快捡起绳子一看，那齐刷刷的刀切口，吓得他两眼发直。麻五知道不好，那个算计自己的人一定就在上面。就算自己有天大的本事沿着崖壁爬上去，对方也会再对自己下毒手。

怎么办？正在这时候，一根粗硕的尼龙绳从上面晃晃悠悠地荡了下来，麻五猜想上面这人要下来了，赶紧躲进洞里，后来直到汪鸿下到洞里，麻五从晃动的手电光里看清汪鸿的脸庞时，才知对方的险恶用心。他真想扑上去一棍子结果了他，可又猜不透对方身上还带着什么凶器，他想到了自己身上的照相机，自己眼下绝不能吃亏，一定得马上把这些证据带出去。而且他已经在心里后悔，自己当初应该立刻报案才是啊！

所以，当汪鸿迫不及待地走进洞里去的时候，麻五立即抓紧时机闪身出洞，抓着汪鸿放下来的那根尼龙绳攀爬上崖顶，然后迅速抽去绳子，把它扔进了黑幽幽的崖谷，自己才挣扎着一步一步回家……

在确认许燕艳确实不是汪鸿一路人时，麻五便把刚才汪鸿想要置自己于死地的经过统统说了出来。

但是许燕艳对麻五说的这一切简直难以置信："不可能啊，你会不会认错人了？他去国外讲学，出发已经好几天了。"

麻五摇摇头："我的记性不会错，那人肯定是你丈夫，和那天婚礼上我看到的面孔一模一样。"

"我不信，不可能！我不信！"许燕艳哽咽着。

麻五摸出身上的照相机，递给许燕艳说："所有的证据我都拍下来了，都在照相机里。那崖壁洞穴墓阴森透凉，人在里面简直就像在冰箱里一样，你父亲的样子你不会认不出来，一看就是做学问的样子，我都拍下来了……"

麻五说到这里突然打住了,因为他看到许燕艳的脸顿时变得煞白,浑身都在颤抖,像在打摆子一样,他不忍心再说下去了。

天亮时,许燕艳已经把自己的情绪稳定下来了,她看麻五浑身伤痕累累的样子,便请麻五的邻居帮忙,把他送到附近医院去,她自己则迫不及待地去照相馆冲洗照片。

可谁知胶片冲洗出来后,老板给她看的却是一条"黑带",什么内容也没有。

许燕艳问老板是怎么回事,老板说:"小姐,我看你是大地方来的人,怎么也会用这么破的相机?而且这个胶卷已经是曝过光了的!大概是被人骗了吧?"

许燕艳愣住了,赶回医院去问麻五,麻五正在吊盐水,他又着急又不好意思,自言自语地说:"怎么会一张也没洗出来?我……我那东西人家还说包管拍呢……"

许燕艳叹了口气,只得安慰他说:"你安心在这儿治伤吧,我已经报了警,等你好些了,你带我亲自去看看。"

麻五一听,"噌"坐起来就要去拔针头:"我没事,我现在就陪你去。"

许燕艳心头一热,硬把他按住说:"不行,你的身体也要紧啊!"

又一部"天书"用灵魂去解读

说实话,许燕艳多么不愿意接受眼下这个残酷的事实啊,她宁愿这是一场梦。可事实就是事实,任何人也改变不了。

多日奔波的劳累和残酷的事实真相,让许燕艳也倒在了医院的病床上。等她醒来时,四周围满了一张张关切的面孔,熟悉的和不熟悉的,除了那些公安部门的警察和考古研究所的领导,还有各路记者。

在许燕艳的一再恳求下,有关方面答应在运走许煌尸骨之前,让她进洞穴墓看看。

当许燕艳进入穴墓洞口的时候,许煌的尸骨已经经过了处理。但出乎大家意料的是,许燕艳却向警方表示:"我要先看看那个魔鬼!"

警方当然知道许燕艳说的"魔鬼"是谁,他们掀开了放在另一边的一个塑料袋。

许燕艳问:"他是怎么死的?"

一个警察回答说:"据勘察分析,他是在被困一天之后。用刀自杀而死的。"

"临死之前,他没有做什么吗?"

"在你父亲身边烧了他的那本《听我说天书》。"

许燕艳沉思片刻,又问:"难道他自己没有留下什么文字吗?"

警察把手里的电瓶灯再摁亮些,抬头指了指汪鸿身后的石壁,示意许燕艳说:"根据显示的血迹勘察,这是他留下的。"

顺着警察手指的方向,许燕艳发现石壁上有一片淋漓血迹,但根本看不清写的是什么,她摇头感慨着;"天书!真是又一本摩崖天书啊!"她的声音悲凉、凄婉而又分明带着十二分的憎恨,在洞穴墓里久久回荡着……

(作者:傅昌尧)
(题图:杨宏富)